ラヴェンダー
ウォーター

酒井 早苗

東京図書出版

ラヴェンダーウォーター ❖ 目次

Ⅰ　飛ばされる

暮れ始めた空は青色の深い水のよう。

近くで猫が鳴いている。

「清涼《スズ》や、そこにいるのかい。」

開いた窓から呼ぶ女性の声。それに答えるように、ギシ、ギシ、と平屋の鋼板製の屋根の軋む音が聞こえ、窓の前のブロック塀にストッと人影が降り立った。

「颯太朗《そうたろう》か。もうご飯だよ、中にお入り。」

「ハーイ。ばあちゃん、ちょうどキレイな星が見えてきたところだヨ。」

少年は長身でスリムな身をかがめて窓枠に手をかける。その脇をスルリと黒猫がすり抜けた。長い尾がしなやかに揺れて、水気を帯びたやわらかな風が流れ込む。

「スズ、いい子だね。」

部屋に飛び込んできた猫を、颯太朗の祖母……千鶴ばあちゃんがなでると、黒猫は長い尾を立てて体をすり寄せ、咽をゴロゴロ鳴らす。

「あれ、ばあちゃん、スズは何だかいい匂いがしたヨ。」

続いて部屋に入った颯太朗が言うと、千鶴は畳に腰を下ろしてスズを抱き上げた。

「本当だ。これは……ラヴェンダーのようだよ、今頃どこで咲いているのかね。スズや、何処まで行って来たんだい。」

確かに少し甘い香りがする。千鶴は窓の方を見て立ち上がろうとしたが、膝を押さえてやめる。

（ニャッ。）

短く鳴いて膝から飛び降りたスズが奥へと駆けていった。

「おやおや。颯太朗や、窓を閉めてくださいな。」

「ハーイ。」

明るい声で返事をした颯太朗だったが、

「ばあちゃん、膝痛いの？」

と少し心配そうに声をかける。千鶴は膝をなでながら軽く微笑む。

「難儀なことだがね。」

「年を取るって大変だ。」

「ふふっ。長く生きて初めて分かることもあるしさ。まあ色々あっても生きてみることだよ。」

千鶴の言葉を聞いた颯太朗は、少し首をかしげて考えているふうだったが、

「あとでマッサージしてあげるネ。」

そう言ってニコッとした。それから雪か星のような模様の入ったガラス窓に手をかけた時、ひゅうッと鋭い風の音が遠くで鳴った。

＊

「はぁー、バカバカ。彩の大バカ。」

両手でゴツゴツ頭を叩きながら、星野彩《ほしのさい》はうつむき加減で駅に向かって歩いていた。少し時間をおいてから、なんて自分らしくないことをした結果、夏葉《なつは》に謝り損ねてしまったのだ。すでに少しどころでない時間が過ぎていた。

「はぁー。」

謝るなんて、時間がたつほど気が重くなるもの。それなのに、いや、そのためにグズグズと寄り道をしてしまった自分が情けない。スマホを持っていないことが今日ほど恨めしいと思ったことはなかった。

(とにかく帰って夏葉に電話しよう、考え無しに無神経なこと言ってゴメン、て。)

そう思うと自然と足早になる。そのまま道を渡ろうとして歩道を下りたその時……。


キキーッ!

けたたましいブレーキの音が間近で響いた。と思うとそれが急速に遠退いていき、彩は微かな甘い香りを感じた。

＊

「ん……ふふふ……。」

彩は寝返りを打ちフカフカの枕に頬ずりをした。極上の肌触り。

(朝のうたた寝ってサイコー……って、あれ?)

確かさっきまで道を歩いていたはずだ。それとも、道を歩いていたと思ったのが夢だったのか。混乱しつつ目を開けると、真っ白。慌てて両手をついて起き上がりかけたが、バランスを崩しドサッと枕に倒れ込む。鈍い頭痛とめまい。

（変だ。これ、アタシの枕じゃない。）

ふーっとひと呼吸して、今度はゆっくりと体を起こす。まだ少しクラクラしたが、彩は目の前の大きな白い枕を見つめた。いや、それは枕ではなく、見覚えのある素敵に尖った三角耳の、大きな白い犬……みたいな？

「犬ではない。私を忘れたのか。まあ、頭を強打したからな。」

その生意気な物言い、忘れる訳がない。

「白《びゃく》？」

独り言のように呟いてその白い生き物をぼんやりと見る。ちょっと前に彩の教室に現れた半人半獣の化け物を退治してくれた、グリーンヘヴンに棲む生き物、ビャク。「白」という漢字は彩が勝手にイメージして当てはめたものだ。一見、大きな白い犬のようだけれども、まるで別物。エメラルドグリーンに輝くその眼には、獣とも人とも違う何か……知性か理性か、あるいは感性か……とにかく、深い精神性が感じられた。

「てゆーか、何でいるのよ。」

彩はぼんやりしたままこの極上の枕、ではなくて、（フワッ）と大きな口を開けてあくびをしながらゆっくりと振り向いたビャクに問いかけた。

「誰が？」

ビャクの声が彩の額の辺りに響くように聞こえた。だが話がかみ合っていない。つややかな草地の上で、ビャクは長い尾をフサフサと揺らす。すると、そこから細かな光の粒が氷の華のように舞い上がった。

光の粒はクルクルと金銀の渦を描いて消えてゆく。見るともなしにそれを追い、見上げた空は少し緑がかった青空……つまり、ここはグリーンヘヴンだ。彩が何度か夢の中で訪れたことのある異世界、その懐かしい空の色。それから辺りを見回すと、一面の野原に渡る風がやわらかな色合いのリボンになって見えるのも、ここではいつものこと。手元に目を落とすと、カタバミのような小さな花が、その中にさらに小さな虹を抱いていて、見つめているとハミングが聞こえてくるように思えた。

(ここはグリーンヘヴン。アタシは頭を強打した……。)

心の中で呟いてみる……実感がなかったが。そしてここがグリーンヘヴンなら、ビャクがいるのは当たり前、むしろ、自分がここにいる理由を聞くべきだったと思い至る。ふいに頭痛が戻り、顔をしかめた彩は額に手を当てた。そのまま考える。

(前にここに来た時は、うちで眠っていて夢の中で訪ねたのよね。でも今は違う、確か下校途中だったはず、それなら体はどうなって……。)

それは、ふいに時間が途切れたような嫌な感じ。

「何も覚えていないのか。」

がっしりとした前足で鼻筋をゆっくりとこすりながら、ビャクが聞いてきた。

「何を？」

「車にはねられた。」

「誰が？」

「お前が。」

動きを止めてビャクが顔を上げる。エメラルドグリーンの眼が彩を捉える。

（え、今、白は何て？）

背中がゾクッとした。風が草地をザワザワ鳴らし彩の頬にひんやりと触れていく。誰が……車にはねられたと？

「うそ……アタシ、し、死んじゃったの……。」

声が震えていた。すぐに両親の顔が心に浮かんだ。ブルッと首を振ると、髪の毛の先がパサパサと頬を打つ。

「だ、だって、アタシ……どっこも痛くないよ！」

彩は両腕を左右にパッと広げて叫んだ。その指先に風の欠片がキラッと光る。制服の白シャツがパタパタ鳴った。

「ここにいるからな。」

素っ気なくビャクが答える。彩は下唇をキュッと噛み、右手の親指の先を押し当てた。事故に遭った……。言われてみれば、急ブレーキの音を何となく覚えている。つまり、体を路上に置いて心だけこちらの世界へ来てしまったことになる。彩はゆっくりと立ち上がる……足が震える……といっても夢の中で訪ねるような世界なのだから、この身体感覚だって当てにはならないのだが。頭がズキズキ痛みだす。

(どうしよう、夏葉にゴメンて言ってないのに……。)

目と鼻の奥もツーンとしてきて、思わず自分で自分をギュッと抱きしめる。

(こんな急なことってある？　どうしよう……。)

と思ったところで、どうしようもなかった。でも、つまり、と彩は鼻をすり上げて考える。グリーンヘヴンは「あの世」なのか。いつも夢で来ていたこの世界が？　頭がクラクラしてきた。するとビャクが音も無く立ち上がり、よく通る低い声で言った。

「安心しろ、死んではいない。確かにここは、霊界とも呼ばれる世界ではあるが、今は夢を見ているような状態ということだ。」

軽く首を振り前足を前に突っ張って伸びをしてから、話を続ける。

「頭を打って意識不明なだけだ。その『意識』はここでウロウロしている訳だが。」

言いながら眼を細める。笑っているのだ。今のは冗談のつもりなのか……こんな時に。

「意識不明って、植物状態？　やだぁ、そんなぁ。」

涙声になった彩を見て、ビャクがその大きな体をスルリと寄せてきた。彩はよろけるようにその首に腕を回して顔を埋める。サラサラした雪のような、霧のような、それとも風のような、質感の無い質感。けれども、そうやって目を閉じていると、少し落ち着ける気がした。ビャクはじっと動かない。また両親のことが心に浮かぶ。

(藍《あい》ママ、お父さん。心配……してるよね、ごめんなさい。うっかり道路に飛び出して事故だなんて、なんてマヌケなの。)

鼻をすって白い毛皮に顔をこすりつける。それは清流に浸されているような心地良さ……こんな時なのに、と思う。ビャクからは生き物のような体温は感じられないが、何と表現したらいいのか、ある種の温かさが感じられる。そのうちに、心に細かな氷の華がサラサラと舞っているような感覚に包まれた。

(これは白の心の光。)

目を閉じているのに見えるその情景を、彩はただ感じていた。氷の華は彩の心に降り積もり、静かに明るく降り積もり、気が付くと頭痛も治まっていた。

「ふう。」

少し顔を上げる。まだビャクの首は抱いたまま。白い毛並みの向こうに野原は明るく静かに広がっていた。つややかなそよ風の中、ゆっくりと呼吸すると、微かに甘い花の香り。「夢」の中でも呼吸するんだなァ……と不思議な感じになる。

それにしても静かだ、と軽く目を閉じる。こんなに広くて美しい野原で小鳥の声も聞こえないなんて……と耳を澄ますと、ずっと上の方からヒバリのさえずりが小さく聞こえてきた。ああ、やっぱりいたんだ、それなら虫も、と思った彩の目の前を、カゲロウのように透きとおる薄緑の翅《はね》を震わせていく、淡いレモン色の一匹の虫がツイと通り過ぎていく。

(妖精?)

慌てて飛んでいった方を見たけれど、もういない。消えてしまったのか……夢らしく。もっと不思議なことには、この緑がかった明るい空の何処にも太陽は見当たらないのだった。もっとも、夢の中であれこれ不思議がっていることの方がよほど変わっている、と彩は(フッ)と笑った。

(夢か……ホントにただの夢だったらよかったのに。目が覚めたら布団の中で、普通に学校に行って、普通に夏葉と会って……。ああ、でも普通って何?)

またビャクの首をギュッと抱きしめる。

「アタシ、どうなるの。」

「少し強めに頭を打っただけだ。転がったが骨折もしていない。三、四日で目覚めることだろう。」

「ホント?」

少し気持ちが明るくなる。

「多分な。」

多分、なのか、と肩を落とす彩。その様子に、ビャクが付け足して言った。

「つまりな、こちらとあちらでは時間の流れ方に差がある為に、あちらの日数について確かな事は言い難いという意味だ。」

時間の流れ方の差だなんて、また夢の中らしい話だ。ふと、浦島太郎を思い出す。もっとも最近の浦島太郎は、宇宙旅行をしたために地球上の時間とずれてしまったのだ、なんて説もあるなぁ、とぼんやり考え始めた彩だったが、

(いやいや、そうじゃなくて。)

と自分のことに立ち返る。まさかビャクの言う三、四日が三、四百年ということはあるまい(三、四年でも問題だが)、その言い方からしても多分、数日中という意味、そうでありますように、と願う。

どうやら「自分」は大丈夫らしい、という気持ちになれたので、彩はようやくビャクの

首に回していた腕をほどいた。そして初めの質問に戻る。

「で、何でアタシはここにいるの。」

ビャクは横目で彩の方を見て眼を細めている。さっきから気に入らないこの態度。それにしても、一体どれほどの事故だったのか。転がって頭を強打したというが、自分のことなのに何も覚えておらず、ビャクの方が知っているらしいこの状況が腹立たしい。

「戻りたいのか。」

普通の犬のように座り直して、ビャクが聞いた。

「当たり前でしょ。」

即答する。からかわれたような気がして、彩はビャクをにらみ返す。事故で意識不明の自分……そんなに深刻ではないと言われても、早く目を覚ました方がいいに決まっている。この世界は好きだけれど、今は呑気に夢を見ている場合ではない。彩は、病院で「自分」を看ているであろう母親……藍ママの姿を思い浮かべた。「ごめんなさい」という言葉が心に浮かぶと、また鼻の奥がツーンとなる。それにしても、「自分」はどんな様子でベッドに横たわっているのかと考えてみる。意識と体？　それはとても奇妙な感覚。

「今、目を覚ますと、かなり痛いと思うが。」

ビャクは、少し気の毒そうな響きを込めてそう言った。

「え……どういうこと？」

「かなり跳ね飛ばされて転がったからな。全身打撲に伴う内出血の腫れがある。」

その答えに寒気がした。

(体中が内出血の腫れ？　その痛みって……。)

思わず自分を抱きしめてゴシゴシさする。だが、ここで疑問が湧いた。何だかビャクは、その事故の一部始終を見ていたかのように話している。つまり、傍観して……。

「事故はお前の不注意だ。」

彩の心を見透かしたようにビャクが言った。

「た、確かにね。」

ちょっと口を尖らせて彩は答える。どうして守ってくれなかったのか、なんて考えは幼稚すぎる。ここでまた別の考えが浮かんだ。

「もしかして、痛くないように白がこっちに呼んでくれたの？」

すると、ビャクはスイと視線をそらして眼を閉じた。あ、図星かも、と彩は少し愉快な気分になる。それならば、これはある意味、守ってくれたと考えていいのかもしれない。

ビャクは眼を閉じたまま動かない。

ためらいがちに、彩は言った。

「あの、その、ありがとう。」

ビャクの耳がピクッと動く。白い毛並みが陽炎のようにやわらかに揺らぎ、毛先が淡い虹色に変わる。しかし、よく見ようと顔を寄せると、それは流れる雲のように形を失いとりとめのない表情で彩を惑わせる。そして心に残るのは、エメラルドグリーンや白銀の印象だけ。彩はビャクの背に手を伸ばす。このサラサラした肌触りも、清流に手を浸しているような実体の無い感じだし、そうしているうちにも毛並みはほのかな金色に変わり、毛先には炭酸飲料の泡が弾けるような小さな光が踊る。光の粒……レモネード……スムージー……ブレンドコーヒー……とりとめのない言葉の羅列が流れていく。

（あれ、今日、カフェに行ったっけ？）

事故に遭う前に、誰かに誘われて、誰かに会いに行ったような気がしたが、思い出せない。事故のせいなのか。夢を思い出せないのと似た感じ……今いる世界が夢なのに、このままあちらの世界の記憶が消えてしまうのではないか、そんな不安が心をよぎる。

ビャクがうっすらと眼を開け、視線を彩に投げかけた。

「良い心掛けだ。」

「心掛けって……。」

また生意気なことを言う、と思ったものの、腹は立たなかった。彩は胸に手を当てる。

ビャクに言った「ありがとう」と、藍ママへの「ごめんなさい」という言葉が、まだ胸の辺りでフワフワ踊っているのが分かった。こんな感覚は初めてなのに、懐かしさもあって変な感じ。懐かしくて、幸せ。この二つの言葉には暖かな力が宿っている、そう思えた。何でそう思うのかは分からない。この世界がそうさせているのか。

「良き言葉は心を照らし、守ってくれる。」

「確かに、そんな感じする。」

ビャクの言葉を素直に聞いていた。その「良き言葉」についての話をもっと続けてほしいと思った。何故だかそれが、今の自分にはとても重要なことに思えたから。けれども、ビャクは眼を閉じて（フゥッ）と息を吐くと黙ってしまった。それで彩はまた、あちらの世界の「自分」のことを考える。

「顔にケガしてたらヤダな。」

「その心配はほぼ無い。」

ずいぶんキッパリと言う。けれど、反論する理由もない。

「でも、どうやって、アタシはここに……。」

「強い思いは時空を切り開き結び合わせる。時空は……運命は捻じ曲げることができる。良き思いも悪しき思いも、ある種の力なのだ。」

時空が切れるとか結ぶとか、時間の流れの差とか、ビャクの話は時々よく分からない。ビャクはスイスイと、前足で顔をなで始めた。これって、猫のしぐさじゃない？　と、思ったものの、そもそも犬でもないのだから、そんな考え自体意味は無いように思えたし、ちょっとカワイイかも、と彩が見ていると、ビャクの動きが止まった。

「ウゥ……。」

小さく唸って立ち上がる。それから眼を閉じて、ゆっくりと首を回した……聞こえない音でも聞くように。ややあって眼を開くとビャクは静かに歩き出す。

「何、どうしたの。」

彩がついて行こうとするとビャクは振り返って言った。

「お前はここにいるがいい。しばらく心の洗濯をしているがよかろう。」

まるで「あなたの心は汚れている」と言われた気がして、ムッとした彩が口を開きかけた時、シュッとペットボトルを開けたような音がした。そしてビャクの隣に現れたのは、大きな青い犬……ではないわね、と彩は「それ」を見た。

形と大きさはビャクと同じくらい。眼は深い青……菫……色。耳の尖り具合は少し鋭く、そのせいか、ビャクより近寄り難い雰囲気。体の色は青っぽいけれども、これはビャクと同様に目を凝らしてよく見ようとすればするほど、よく分からなくなる。青でも黒でもない深い水のような透明な、夕暮れ時の空のよう。鋼青色というのか、それは手の届かない深さを表しているように思えた。

「ジョウだ。ここで一緒にいてくれる。人の言葉は話さないが、理解はする。」

ビャクが言った。つまり、言葉には気を付けろという意味ね、と彩は理解した。実にありがたい助言だ……彩にとっては。ジョウという響きに「青」という漢字のイメージが重なる。ビャクは「白」でジョウは「青」。彩が考えているうちに、ビャクは地表を蹴って宙に駆け上がった。思わず空を見上げた彩の目に映ったのは長々と光りながら消えてゆく一条の銀色と、余韻のように揺らめくエメラルドグリーンの煌めきだった。

その光が消えていったあと、ふと我に返ったように彩は辺りを見回した。

(急に静かになった気がする。)

でも、と思い直す。ここはもともと静かな世界だったのだから、この感じ方はおかしいと。そして、この感じ方の原因が、この世界でのビャクの存在感の大きさにあったのだと気付く。ビャクがいれば色々な不安や疑問にも答えがもらえた。この状況で、それがどれほど心の支えになっていたか。

「白がいなくて淋しい。」

言葉にしてみる。これを聞いたらビャクはなんて答えるだろうと考える。「良い心掛けだ」とかまた生意気にも言うのだろうか。楽しいような、悔しいような。彩は口元に親指の先を押し当て、何か別のことを考えようとした。

(でもこの状況で何を考えればいい？　ふう、状況の「状」って「犬」って字が入ってる……ああ、こんな時なのにやっぱり犬か！　なんか悔しい。)

よく分からない世界にたった一人で取り残されてしまった。いや、ジョウと二人、というか。ジョウはと見れば、現れた時の形のまま、ブロンズ像のように同じ場所にじっと立っている。人の言葉を話さないとなると会話は成立しない。だからといって一方的に話すというのも気が引ける。それで、取りあえず黙って観察してみる。

ビャクは透明感のある白銀の毛皮に水晶の牙、エメラルドグリーンの眼の色。それに対してジョウの毛皮は(取りあえず今は)灰みのある青色……ロシアンブルーという猫にも似て、あれよりさらに青い。眼は何と表現しようか、碧くて……サファイア……カイヤナイトか。それとも地底湖に落ちる雫……精霊の泉……夜の底の風……ファンタジィ小説を書くならどう表現しようかと彩は言葉を探す。

「碧の異世界からの秘密の謎掛け……。」

謎掛け、という言葉からまた心が漂い始める。謎……スフィンクス……数十メートルもあるビャクとジョウが向かい合って座り、その間に立つ小さな自分。絶え間ない風が黄色いガラス質の砂を水の流れのように吹き付けてくる。どんな謎掛けを彼等は発するのか……それでも答えは人間なのか。自分は人間……でも人間って何だろう。

「いや、いや、いや。」

ブルッと首を振って彷徨いかけた心を引き戻す。ジョウを見ると、さっきから少しも動いていないようで、本当に静かだ。けれども、その碧い眼が確かに彩を見つめ返していることに気付き、ドキッとした。

「あ、彩です、よろしく、ね。」

ぎこちなく言うと、ジョウはスゥッと頭を下げ、それからリラックスした様子でその場に体を伏せるように座った。スフィンクスみたいに。彩が話しかけてくるのを待っていたのは明らかだ。犬のように見えても、人と同じく（かどうかは不明だが、ともかく）知性があるということだ。あんまり見つめて失礼だったかもしれない、と彩も同じように静かに草地に座り、視線を遠くへ向けた。そういえば、何か考えなければならないことがあったような気がする。

そう、自分が事故に遭ったことと、その原因についてだ。

「え……と、何だっけ。」

彩は握った右手で頭をコツコツ叩いた。

（白はさっき、心の洗濯って言ってたっけ。）

それが重要なキーワードのような気がした。今日、学校で夏葉と何か問題を起こして……謝り損ねて……事故に遭って……。とても大事なことなのに、記憶が曖昧でもどかしい。顔にかかった蜘蛛の糸を一本ずつはがしていくように、彩は記憶を辿り始めた。

II　失言と寄り道

朝のホームルーム。

「前に渡しておいた進路希望のプリントを集めます。前の人に送ってください。三者面談で使いますから、忘れた人は明日までに必ず提出してください。」

担任の石井先生の声に、バサバサという紙の音と、それに伴う友達同士の話し声で教室内がざわめく。彩は机の横に掛けたバッグに目をやり短いため息をつく。その時、背中をトントンと軽く叩かれ、振り返ると後ろの席の影盾《かげたて》が、左腕を枕にして顔を伏せたまま、右手に持ったプリントを彩の方へヒラヒラさせていた。

(顔くらい上げたらどうなの。)

イライラしながら受け取り、そのまま前の席の夏葉へと送りながらチラッと見ると、進路希望欄には意外と整った字で「家業を継ぐ」と記入してあった。教室で居眠りばかりしている変なヤツ、と思っていたが、それは普段から家業(何かは知らないが)の手伝いをしているせいかもしれない、と少し見直す。その間にもプリントは夏葉、その前の宇津見、鳥居と重ねられていき、先生へと渡されていった。

この列で提出しなかったのは彩だけ。

(あぁ……depression!)

憂鬱な気分で教室内を見渡すと、クラス委員の三崎千春の姿が目に入った。青いジャージ姿の彼女は、廊下側最前列の自分の机で、集まったプリントをトントンとそろえると、さっと立って教壇へと持っていく。胸を張り、進路はバッチリです、という感じに見えた。

三崎は席に戻ると、後ろの席の丸尾来実《くるみ》と楽しそうに何か話し始める。

(三崎、元気そうだ。よかった。)

ちょっとモヤモヤした気分の中で、敢えてそう思ってみた。その時、夏葉が振り返って話しかけてきた。

「彩ちゃん、進路決まらないの?」

「うーん、夏葉は?」

いきなり痛いなァ、と話を逸らす。

「私は教育学部のあるところ。幼稚園の先生になるのが夢だから。」

「ははは、小学校の卒業文集みたい。」

夏葉の明るくキッパリした言い方に、彩は思わず笑ってしまった。

「そ、そう？」

不満げな夏葉のリアクションを気にも留めず、彩は話を続ける。

「黒田は翻訳家志望だって。今度、英検二級受けるんだって。」

「そうみたいね。準二級取ったばかりなのに偉いね。氷河君は京都の方の大学で古典文学を学ぶって言ってたし、私もピアノもっと上手くなりたいな。」

そう言って夏葉は、両手を胸の前でキュッと握って少し上を向く。まるで少し先の未来を見ているかのように。夢に向かって一歩ずつ進んでいる感じの夏葉。海外経験のある黒田颯太朗は翻訳家志望で、書道と古典が大好きな氷河柊《しゅう》は古典文学研究。図書室の常連仲間の内で、彩は自分だけが何も決められずに取り残されているような気持ちになった。夏葉の肩越しに宇津見の背中が見えた。あのボンヤリ娘の宇津見でさえプリントを出していた。それに居眠り男子の影盾もだ。

ネガティブな感情がモヤモヤと湧いてきた。

「幼稚園とかピアノとか、ホントかわいいねぇ夏葉って。かわいい子供達とお花屋さんとかケーキ屋さんとか？」

ふざけた口調でそう言った彩の言葉に、夏葉の表情が固まった。

「ちょっと、ヒドイよそれ。子供ってかわいいだけじゃないし、楽しいだけじゃないし。

私、ちゃんと考えて決めてるんだからね。」

「やーだぁ、夏葉センセー、そんな本気で怒らないでー。」

夏葉の様子に少しヒヤッとしながらも、つい笑いながら言い返してしまった。

「何にも決めてない彩ちゃんに、言われたくない。」

それはピシャリと顔を叩かれた感じだった。ちょうど始業のチャイムが鳴り始め、涙目になっていた夏葉がサッと前を向き、あっけに取られる彩。いつも穏やかな夏葉が、一体どうしてしまったのだろう……って、自分の失言のせいなのだが、そんなに怒るような話だったろうかと口をちょっと尖らせる。

(ま、休み時間になったら謝ろう。)

そう軽く考えていた。けれども、次の休憩時間になった時、夏葉はいきなり立ち上がって教室を出ていってしまった。その素早さは「私に声をかけないで」という強いアピール。その後も夏葉は彩と目を合わそうとしない。

(放課後まで待ってみるか。)

そう考えると、ちょっとホッとしている自分がいた。そのうちに、悪いのは確かに自分だけれど、夏葉も怒りすぎではないかという考えが湧いてきた。

(悪気は無かったんだし。)

心の中で呟いてみる。そうやって言葉にすると、全くその通りのように思えてくる。「お互いさま」だと。それで放課後になれば「さっきはごめんね」「私こそゴメンね」とお互いに言って仲直り……そんな場面を想像した。ところが放課後が近付くにつれて、それさえも面倒に思えてきた。このままうやむやにしてしまいたい、と。

けれども、帰りのホームルームが終わった時、夏葉はまたも素早く席を立ち、バッグを抱えて教室から出ていってしまった。ふたたびあっけに取られる彩。

(全力で無視って……。)

しばし立ち上がることも忘れた彩の耳の奥で教室のざわめきが気持ち悪く響く。

(あー、アタシなんかと二度ともう死ぬまで口ききたくないって？)

パッと極端な言葉が浮かんだが、さすがに思い直す。

(イヤ、これはマズイ、ホントにマズイよ。)

我に返ってあたふたとバッグを抱えて立ち上がる。もう追いかけていって謝ろう、相手が聞こうと聞くまいと、とざわつく廊下を進み階段を急いで下りる。昇降口に行くまでに追いつけるだろう、と彩は思った。夏葉はそんなに足は速くないはずだから。

しかし……。

「うそ、いない……。」

途中で追いつくこともないまま、もしかしたら待っていてくれるかも、という期待も虚しく、昇降口に彼女の姿はなかった。もどかしく靴に履き替え外へ飛び出し、校庭東側の通路を正門へと急ぐ。門の手前の大きなケヤキの木がザワザワ風に揺れていた。校門を出たところで立ち止まり、いつもなら一緒に帰るその道に視線を走らせると、道をはさんで斜め向かいにあるバス停から、駅へと向かうバスが下校する生徒達を乗せて走り出すところだった。あれに乗ったのだとしたら、もう追いつけない。

バッグを持った手が力無く下がる。

（言葉の失敗……。どうして自分はこんなに無神経なのか……。）

遠ざかっていくバスはまるで、二人の間にある心の距離を表しているように思えた。ぼんやりとバスを見送った彩はノロノロと歩き始めた。

すぐに帰って電話しなければ、というしぼんだ気持ちを抱えたまま、彩は駅へ向かう道ではなく、入り組んだ路地を歩いていた。失言癖のある彩にとって、夏葉は高校に入ってからできた初めての親友だ。（ハァ）と何度目かのため息をついた彩の頭上を、オナガの群れが青い光のように横切って行った。夏葉はもう、電車に乗っただろうか。

（何考えてるのかな……。）

普段怒らない人が怒るって怖い、電話するの……怖い。静かな住宅街を歩きながら、そんな言葉が頭の中をグルグル回る。

「はぁ……帰りたくない気分。」

辺りには緑濃い風がゆったりと流れる。けれども今は、それを楽しむ余裕もない。何度か曲がるところを間違え、後戻りをし、彩が向かった先は「紙本屋」。前に黒田がここでバイトをしていた縁で、何度か夏葉とも来たことのある古本屋だ。目印の布製の青い庇を見上げると、少し切れていた。

「どうしたんだろう。」

劣化ではなくて鋭利な刃物でスパッと切ったような……この感じ、別の所でも見たような、と首をかしげる彩。それから入り口のガラス戸越しに中を覗いてみると、奥のレジ台の向こうに百井《ももい》店長が座っている姿が見えた。おなじみの光景にホッとする。

（ホントは寄り道している場合じゃないけど。）

彩がそう思った時、本を読んでいた百井が顔を上げ、こちらを見て軽くうなずいた。それにつられるように彩は入り口のガラス戸に手をかける。手入れの行き届いた年季の入った木製の引き戸は、カラカラと気持ちのいい音を立てて開いた。

「いらっしゃい、星野さん。」

「こんにちは。あのー、夏葉、来ていませんよね。」

思わずそう言ってしまった自分が嫌になる。こんなセリフ、言い訳なのが見え見えだ、と彩は百井から目を逸らす。それを見た百井は、読みかけの本を閉じてレジ台の上に置くと、ひと呼吸おいて、答えた。

「いえ、今日は来ていませんね。」

「そっかぁー。」

思わず気の抜けた返事がもれる。これは礼儀知らずな態度だったと思ったものの、取り繕う気力は出てこない。

「約束をしていたのですか。」

閉じた本の表紙に両手を軽く載せ、少し心配そうに百井が尋ねる。静かだがよく通る声。カラカラと引き戸を閉めて、肩からバッグをゆっくりと下ろし店の奥へと歩き出した彩を、ひんやりとした本の匂いが包み込む。

「いえ、そうじゃないんです。実は今日、夏葉とケンカして……じゃなくて一方的に失言して怒らせて、しかも謝り損ねて……ホントはすぐに帰って電話するのがいいと思ったんですけど、もしかしてって思ってここに……。」

最後の言葉はまたもや言い訳。本当は誰かに話を聞いてもらいたかっただけ。母親だと、似た者同士で言い合いになってしまうだろうから、他の誰かの言葉がほしかっただけ。

「早めに気持ちを伝えることは良い方法だと思いますね。」

ゆっくりとうなずくようにして百井が言う。その声は思いのほか優しくて、つい涙が出そうになる。彩は下を向き鼻をすすってから、顔を上げて言った。

「アタシ、ダメですね。前に店長から言葉の大切さを教わっていたのに、またやってしまいました。」

「自分の間違いに気が付いて涙して、友達に謝ろうとしている、星野さんは立派だと思いますよ。」

その優しく温かな声に、慰められているんだな、とありがたく思いつつも、もっと慰めてほしいと思っている自分に気が付いた彩は居心地が悪くなる。それで、話を聞いてもらったし、慰めてもらったし、もう帰ろうと思い、百井に挨拶をと口を開きかけた時、ガラッと勢いよく戸が開けられる音が背後で聞こえ、続いて男の声がした。

「よーぉ、相変わらず元気に引きこもってるんかぁー。」

狭い店内には大きすぎるその声に彩が振り返ると、背が高くがっしりした体つきの男が、短い通路には速すぎると思える勢いでこちらに向かって来る。思わず出入り口とは反対側の通路へと彩が後ずさると、男はすぐにレジ台の横まで来て、置いてあった木製の丸椅子にドサッと腰を下ろした。百井が笑顔で言った。

「一《い》っちゃん、久しぶり。相変わらず元気そうで良かった。」

彩と話す時とは声のトーンが違う。それを聞いているのかいないのか、男は話し始める。

「蘇依子《そよこ》、来たんだろ、何話したんだい。」

だが、これには百井の顔が曇る。ちょっと窓ガラスの方へ視線を泳がせて、フッと肩を落とすように一息ついて、答えた。

「来ていませんよ。会う理由もありません。」

その抑え目ながら不機嫌そうな返事に、男はオーバーに自分の頭を左手でバシッと叩いて言った。

「かーっ、取り付く島もねえなあっ。あっちは理由大有りだろうが。かわいそうだろ会ってやれって。」

百井は本の表紙を指でトントンと叩きながら、ジロリと男を見返す。こんなに感情的な姿を見たのは初めてだった。けれども、男の方は気にするそぶりも見せず、ニヤッと笑ってウィンクを返す。今度は（ふうっ）と強めに息を吐いてから、きっぱりと百井が言った。

「彼女はここには来ません。」

と、ここで百井は、帰るに帰れない様子で奥の通路に立つ彩の存在を思い出したようだった。目が合うと、すぐにいつもの穏やかな表情に戻りスッと立ち上がる。

「済みませんね、星野さん。驚かせてしまって。申し訳ないのですが、三十分だけここに座っていてもらえますか。」

言いながらもう百井はレジ台の向こうから出ようとする。

「え、でも……。」

彩が言いかけると、百井は男の腕をつかんで立たせながら続けた。

「安心してください。ほとんどお客さんは来ませんから。もし来た時は、呼んでくれればすぐに下りて来ます。」

それは、いつもの穏やかな口調。でも、と彩が返答に困っている間にも、男の腕をグイグイ引っ張りながら、百井は彩の前を通り左側にある狭い階段の方へと移動していく。いつもらしからぬ落ち着きの無さ。男の方はむしろそれを楽しんでいる様子で、彩と目が合うとニヤッとウィンクをしてきた。

「悪いねー、星野サン。」

全く悪いとは思ってなさそうだ。それに続けてこう言った。

「あ、俺さ、一太朗っての、速瀬一太朗。ヨロシク！　この飛夫とはフリースクール仲間さ。ねー今度さぁ、星野サンともゆっくりお話ししたいなぁー。」

「一っちゃん、ほらっ。」

百井にせかされて、一太朗はバイバーイともう一方の手を彩に大きく振りながら、壁に張り付くように作られた狭い階段を嬉しそうに引っ張られていった。ギシギシと階段を上っていく音に続いて、ドアが開閉する音が聞こえ、それから店内はふたたび静けさを取り戻す。

「え、ヤダ。アタシ、何にも返事してないのに。」

我に返った彩は天井を見上げる。

(ソヨコさんて誰だろう、店長にも解《と》けない人間関係が何かあるのね。)

床の軋む音と話し声、内容までは分からなかったけれど……そして、男達の笑い声。

「もう。仕方ないなあ。」

ため息混じりに独り言をして、彩は改めて店内を見回した。左右の壁に作り付けの本棚と、中央にあるやや低い本棚。何千冊あるのだろう……様々な人の手から手へ時間をかけて渡ってきた古本達。この中にはかなり怪しい本もあるということを、彩は知っていた。

静かな店内にこうして一人で立っていると、何だか古本達に見つめられているような気持ちになってくる。

「ふーん……なんか、ちょっとイイかも。」

彩はバッグを丸椅子に置いた。それにしても、お客は来ないから安心だなんて変わっている、と彩はちょっと笑う。一太朗が言った「引きこもってる」という言葉を思い出しながら、彩は百井の座っていた椅子の背もたれに手をかける。レジ台の上には、さっき彼が読んでいた本と、美術館のチラシ、レトロ感ある木製のレジスター（これはもう稼働していなくて唯の引き出しなのだった）、それと和紙を固めたような長方形の料金用トレイ。黒田がバイトに入った頃に在庫管理用にと導入したノートパソコンは、天板下の収納スペースにしまわれている。机の下には小さな掃除機が置いてあった。

木製のしっかりした造りのその椅子の座面は艶のあるペールグレーのビロード製。これは張り替えながら大切に使い続けているものらしい。その椅子にそっと座って、彩はこの小空間をゆっくりと見回した。

左はここへ出入りするための通路で、壁際にはさっき一太朗が座っていた……今は彩のバッグが置いてある……丸椅子。右側には階段下利用の棚があり、和綴じ本が寝かせてある他に、筆記具、ハンディモップ、電波式の置時計など。黒く年季の入った細い柱には電気コードが這い、レジ台を照らす優しい色のライトが付けられている。そして、後ろを振り返ると、ここも階段下、鍵穴の付いた高さ一メートル程のくすんだ緑色の扉……スペース的には開閉が難しそうだ。希少本がしまわれているのかもしれない。

「秘密の扉ってところね。」

妖精の森へ続く小さな入り口……。前に読んだファンタジィ小説を思い出す。実際に百井店長が所有する「水精天」という古書には、ビャクが休みに来るというのだから、この扉の向こうだって、思いもよらない世界があっても不思議ではない。

それからまた店内の本棚に目をやると、本の間に挟まれたジャンル分けの板が目に入った。「古典文学」「臨書」など、これは柊の好きなジャンル。それから視線を移していくと「占い」「神話」これらは夏葉の好きなジャンル……。

「そうだ、ワクワクしてる場合じゃなかった。三十分たったらすぐに店長に声かけて帰らなきゃ。」

彩は置時計に目をやった。けれども時計をにらんでいても仕方ないので、（ふうっ）と息をして気を取り直し、バッグから自分の本を取り出すと、ふせんが貼ってあるページを開いた。


読み始めるとすぐに時間のことは忘れてしまった。自分が店番をしていることも。それで少したって、入り口の戸が開く音がした時には彩はかなりドキッとした。ハッとして顔を上げると、彩と同じ高校の制服が目に入った。

「ええと、いらっしゃいませ？」

選択授業の美術の時に見かけた顔だ。同じ二年生の、二組かな、でも何であんなにスカート丈が短いんだろう、と見ていると、その女子高生はいやに高い声で、

「ヤダー、なんでレトロ組の星野なワケぇー。」

と目を丸くする。いきなり「ヤダ」と言われても、自ら進んでここに座った訳ではない、と彩は少しムッとして「客」を見た。両腕でギュッとバッグを抱えて入り口に立つ彼女は色白で小柄、つやのある短い黒髪、黒いヘアピンで前髪を留めて額を出している。いやに短いスカートの下には、ピタッとした黒い膝上のスパッツ。

（でも「レトロ組」って何よ、そんな部活聞いたことない。アタシ、三組だし。）

と彩が考えていると、彼女はちょっと途惑ったようにキョロキョロと店内を見回してから、せかせかと歩いて来て今度は小声で、

「ちょっとぉ、ここ黒田クンのバイト先でしょ。なんで星野がいるの、バイト盗ったの、彼、どこなのよ。」

と、彩に迫る。実は、黒田は少し前にバイト先を変えていたのだが、すぐに教えてやる気持ちになれずに言い返した。

「いきなり『ヤダ』とか『盗った』とか失礼じゃない？　アタシはね、三十分だけって店

長に頼まれて座ってるだけなの。バイトじゃないし。」

するとと相手は「あっ、しまった」という感じで目を丸くしてバッグを床に置くと、

「ゴメンナサイ！」

と、勢いよく頭を下げた。もう少しレジ台に近かったら、額をゴッッとぶつけていたかもしれない。そして、すぐにピッと顔を上げ、

「二組の辻真名香《まなか》デス、ヨロシク！　さっきは失礼しましたっ。今日はそのぉ、く、黒田颯太朗クンに……。」

途中から急に声が小さくなっていき、辻の顔がみるみる赤くなっていく。こんなに人の顔が赤くなるものなのかと、見ている彩の方までドキドキしてしまった。

「あー、なるほどね、でも残念。もう黒田はバイト先を変えたの。駅前大通りの『並木道』ってカフェにね。」

それを聞いた辻が、あまりにも情けない顔になったので、彩は思わず（フッ）と吹き出した。すると辻はレジ台の横に回ってきて彩の腕をガシッとつかんで言った。

「ああ、なんてこと！　やっと決心して来たのに。お願い、『並木道』に連れていって！」

「えー、一人で行けば。アタシ、まだ座ってないといけないから。」

彩の返事に、辻の大きな目からポロポロと涙がこぼれ落ちる。

「ちょっ、なんでよ、アタシのせい？」

そう言った彩の腕をつかんだまま、辻はうるんだ目で（ウン）とうなずき、慌てて首を横に振る。その時、二階のドアが開く音がして、ギシギシと階段を軋ませて男達が下りてきた。先に下りてきたのは百井だ。

「星野さん、済みませんでした。ちょうどお友達も来たようですし、どうぞ気を付けてお帰り下さい。これに懲りずにまた来てくださいね。」

「あ、いえ、友達じゃ……。」

言いかける彩の腕を、辻がグイグイ引っ張って体をゆする。すると、百井の後ろから一太朗が顔を出した。

「おおっ、カワイイお嬢さんがまた一人！　いいねー、今度一緒に……。」

言いかける一太朗の腹を百井が思い切り肘で押し、黙らせた。

「うちの大切なお客様に手を出さないように。」

静かだがよく通る声で百井が言うと、一太朗は黙ったまま、大げさに肩をすくめてみせ、それを見た百井も黙ったまま左の眉をちょっと上げる。お互いに言いたいことは分かっている、という感じだ。そのやり取りの間にも、辻は彩をレジ台から引っ張り出そうとし、いつの間にか自分と彩のバッグまで肩にかけている。あきれた彩は、取りあえず店を出よう、と椅子から立ち上がった。


「お騒がせしましたァー。」

「オトナになったら一緒に世界旅行しようねー。」

いつもの「紙本屋」らしからぬ賑やかな挨拶が交わされ、彩は辻と一緒に外へ出た。彩のバッグを肩にかけたまま、辻が地図を検索する。

「『並木道』？　カフェ？　あー、ここね。ここからだとーちょっと戻る感じ？」

辻は彩をパッと見て、

「星野、ありがと！　さ、行こ。」

と歩き出す。

「アタシ、行くって言ってないよー、黒田だって今日のシフトか分からないしーって、聞いてないのー。」

彩の言葉をよそに、辻はさっさと歩いていく。それを見て、どうせ駅の方向だし、と彩も歩き出す。少し歩いて、辻が通り過ぎた角に立って彩が後ろから声をかける。

「辻ぃ、こっちの方が近道だよー。」

その声にクルっと振り返った辻が、嬉しそうに足早に戻ってくる。

「やっぱよく分かってるゥ。『並木道』はレトロ組のたまり場ってワケね。」

「あのー、レトロ組って、何？」

ちょっと低い声で彩が聞くと、辻が、

「星野と丹羽（夏葉）と、氷河と黒田……クンと。あっ、あと影盾も、なんか昭和っぽいなーってみんな言ってるじゃない。だからレトロ組って。スカート長いし、スマホ使わないし。」

そう当たり前のように答える。彩はちょっと力が抜けた。でもスカート丈はこっちが普通だし、と彩はチラッと辻の制服に視線を投げる。それから、この分母が不明の「みんな」というのが、大抵はごく少数の仲間内のことなのはありがちなこと、と自分に言い聞かせる。でも、やっぱりバカにされているような気がしたので反論する。

「夏葉はスマホ使うよ。『良い子』だから登下校中に出さないだけなの。氷河と黒田も持ってるし。居眠り男子は知らないけど。」

持ってないのは自分だけ、とは言えない。

「ふーん。まあ使ってるかもしれないけどォ、なんかそんな感じじゃってこと。次はどこ曲がるの。私道ってゆーかここら辺まるで迷路みたい。」

たいして聞いていない様子の辻を見て、早く「並木道」に送り届けて自分はそのまま駅へ向かおうと考えた彩は足を速める。

「辻ぃ、なんで黒田なの？」

何となく聞いてみる。

「えっと……夏休みに市立図書館で会ってね、私がインテリアの大きい本を何冊も持っていたら『大丈夫？　持ってあげようか。』って。」

「そうかぁ。黒田ってそういうとこあるもんね。」

「でしょ？　ステキでしょ？」

自分のことを褒められたかのように、嬉しそうに辻が言う。

それから何度か角を曲がると大通りに出て、そのまま駅の方へ歩いていくと目的地が見えてきた。カフェは四階建てビルの地上部分に入っていて、歩道には折りたたみ式で黒板タイプの小さな看板が出ていた。

「あっ、あれね。」

看板と地図を見比べながら、息を弾ませて辻が言う。そのタイミングで彩は辻から自分のバッグを取り上げて言った。

「じゃ、アタシはこれで。グッドラック！」

「ええぇ、ウソぉ、一人じゃ入れないって、星野も来てよぉ。」

また腕をつかんで涙目。まあ一人で入るには勇気いるでしょうね、と彩も思う。折り返したシャツの袖越しに辻の手汗と熱が伝わってくる。ここで「行く、行かない」ともめるのも時間の無駄、時間が遅くなれば校則違反にもなるし、と考えた彩は答えた。

「あー分かった、行くってば。でも黒田がいなくてもアタシのせいじゃないからね。」

タッチ式の自動ドアを開けて、辻にしがみつかれたまま彩が店内に入ると、コーヒーの香りにふわりと包まれる。思わず深く息をした彩に、正面のカウンターの中からマスターが笑顔を向ける。今日はコーヒー好きな常連客とカードゲームをしているらしい。右の棚にはコーヒーカップやミルなどの商品がディスプレイのように並び、左手側には普通のテーブル席が広がっている。

「いらっしゃいませ。」

迎え出たのは女性店員の声……ということは、と彩は店内を見回す。ちょっと猫背でスリムな黒田のシルエットは見当たらない。やはり今日はいないようだ。

「いないね今日は。残念だったね。」

彩が言うと辻の手から力が抜けて、（はぁぁぁ）というため息の音。ちょっと気の毒だったけれども仕方ない。女性店員もこちらを見ている。彩は言った。

「すみません。友達がいるかなと思って来たんですけど、いないようなので今日は帰ります。」

そう言って軽く頭を下げ、ぐったりした感じの辻を引っ張るようにして店を出た。


さて、店を出ると辻は「紙本屋」に戻ると言った。何故かといえば、彼女は地元で自転車通学なのだが、その自転車はというと「紙本屋」の前に置いてきたのだと言う。

「そんなに思い詰めてたの。」

あきれたように言う彩の手を握って、

「だって、どうしても一緒に来てほしかったんだもん。私が自転車じゃ、星野が歩きにくいでしょ？　今日はありがとね。」

早口でそう言うと、彼女は小走りに去っていった。

Ⅲ　失言続き

(それから急いで駅に向かう途中でアタシは事故に遭って、それでいまだに夏葉に謝れていないってワケ。)

忙しい一日だったなと思った。

(ここは心を見つめるには良い所ね。特にアタシみたいな人には。)

宙に消える前にビャクが言った「心の洗濯」という言葉の意味が少し分かった気がして、安易に反論しなくてよかったと思った。それに、普段だったら自分の心が落ち着いているかなんて、ほとんど振り返ることもない。草地に座り込んだまま、彩が(ふう)と一息つくと、ジョウの耳が少し動く。すっかり気持ちが晴れた訳ではなかったけれど、いろいろ思い返してみて良かったなと彩は空を見上げた。

微風は銀色に翻りながら流れていく。

「早く目を覚まさなきゃ。あーでも痛いのか……。」

彩はちょっと顔をしかめる。全身打撲で内出血の腫れがどれほどの痛みなのか、知りたいような知りたくないような、と考えていると、また何か思い出しかける。

（なんか……他にも謝る相手がいたような……誰だっけ。辻……は違うかな、でも……。）

ふたたび記憶を辿り始める。そう、ホームルームの前、廊下で誰かと話をしていた。誰かというと辻と関係のある……。

「あっ、黒田か。」

思わず叫んでから口に手を当てた。チラッとジョウを見るが、二メートルほど離れた場所で眼を閉じている。ビャクもよく、ああやってじっとしている。

（そういえば、白も青も眠《じょう》ったりご飯食べたりするのかな、この夢世界で。白は前に、人の悪想念を食べて浄化するって言ってたけど、それおいしくなさそうだし。でも夢を食べるバクみたい……。）

子供の頃、バクの話を聞いて夢の味をあれこれ想像したことを思い出す。動物園で見たバクが、夢を食べないと知ったのはいつのことだったろう。でも、教室に現れた化け物は人の悪想念に巣食って力を得て、そしてビャクがそれを食べて浄化して……化け物はすぐ隣にあるという異世界から来た……異世界って妖精、妖怪、妖魔のいるところ？　人間との違いは何……。また思考が彷徨い出していたことに気が付き、彩は自分の頰をパシッと叩く。

「違う！　黒田のこと考えなくちゃ。アタシ、黒田にもなんか言っちゃったんだ。」

気を取り直して心を鎮める。

＊

その日の朝、彩はいつもより遅い時刻の電車に乗り、その混み具合にイライラし、その後に起きた騒ぎにさらに腹を立て、いつもなら始業時刻の一時間前の、静かな教室に入っている彩としてはもう遅刻、という不愉快な気分で校舎の階段を上っていた。

教室のある三階に着いたところで一組の黒田と会った。

「オハヨー、星野サン。いつもより遅いけどどうしたの。」

いつものように片手を上げながらニコッとして黒田が言った。

「あー、なんかねー、朝から親とケンカして。」

「ケンカ？　だいじょーぶ？」

その黒田の軽いトーンの声につられてつい話し出す。

「いや、いつものことだから。今朝は進路のことでね。黒田、進路は？」

始業前のざわついた教室よりここで話していた方がいいと思い、彩は廊下の端に寄る。

今朝、進路のことで母親と口ゲンカをした。取りあえず大学で学びながら何か資格を取れば、という助言に、「取りあえずなんて決め方は嫌だ」と反発し、「じゃあ自分でちゃんと考えなさい」と強めに言われ、決められない自分が悪いと分かっていたのに感情的に「今は無理」と不機嫌に言い返し、という具合。話を聞いた黒田が言った。

「ボクの両親は海外だからケンカできないナー。ボクは翻訳家目指してたくさん小説読んで、もっと英語も勉強するヨ。今度、二級受けるんだ。」

「そっかー、でも英検なんて楽勝でしょ、オーストリア？にいたんだし。」

「うーん。ウチは日本語とイタリア語が半分ずつ、あとドイツ語と。英語は少しでネ。転校があったのもナンか疲れちゃってネ。学校行けなくなって。だから帰国枠で二年に編入したケド、教室に入るの不安で四月中は引きこもってたヨ。それで氷河柊クンにはイロイロ教えてもらって感謝してる。」

黒田の学期途中での転入の理由を初めて聞いた。今でも柊と一緒にいることが多いのは、まだ不安があるせいなのかもしれない。それでも帰国してすぐに準二級まで取っていたらしい。それで彩は言った。

「とか言って英語できてるしぃ、日本語オモシロイしぃ、いいよねー。」

「え、ボクの日本語ってまだ変？」

黒田の表情が曇る。けれども彩は笑いながら言った。

「変て言うか、面白いからいいじゃない？」

＊

ドサッと草地に仰向けになった彩は、透きとおるような空を見た。じっと見ていると澄み切った水鏡のようにも思えてくる。

（あの時の黒田、微妙な顔してたな……。）

彩は黒田の口調を単純に面白がっていたのだが、本人はそのことをだいぶ気にしていたらしい。引きこもるくらいに。

「悪気なかったんだけどなぁ。」

そう呟いた彩の胸の辺りがひんやりとする。何か冷たい塊が心にコツンと当たったよう。ちょっと息苦しい感じがしてゴロンと横向きになると、ジョウと目が合った。

「痛ぁ。」

その碧い眼を見つめ返したまま彩は呟いた。心が痛むのが分かった。

「悪気なかったなんて、嘘。」

本当はあの時、いろんなイライラを黒田にぶつけるように、からかうような言い方をしたのだ。感情に任せて。この悪い癖は治したいと、特に高校生になってからは気を付けているつもりだったのに。黒田の笑顔に、つい甘えてしまったのだ。

(黒田も夏葉も……傷付けた。)

夏葉とのことをまた思い出す。

「何が『お互いさま』だ、アタシが傷付けておいて。」

吐き捨てるように言ってゴロンと草地に顔を伏せる。穴があったら入りたい、という言葉を思い出して、ギュッと目を閉じる。

(穴があったら入りたいー、入りたいったら、入りたいー……イヤイヤ歌ってる場合じゃないよ、早くこの「悪夢」から這い出して夏葉に電話しないと。)

そんな自己嫌悪に沈む彩の背中に、ふわりと温かさが触れてきた。ここの空には太陽もないのに、日向ぼっこのような、大きな光の手に触れられているような心地良さ。

(空全体が太陽とか?)

それにグリーンヘヴンの草地は現実と違い、さっきからこうして転がってもゴツゴツしないし、土臭い湿っぽさもない。それでいて若草のいい香りと、少し甘い花の香りもする。ゴロンと半回転してふたたび空を見る。

（薄ら寒い……心が？　なんか、他にもやった気がする。）

ちょっと背中がザワッとして、まったく朝からどれだけ無神経な言葉をバラまいてきたのかと、我ながらあきれた。

（他に誰……黒田より前で……三崎と丸尾、は違うな。）

そう、確かに「あの時」は少しモヤモヤしたが、と彩は駅でのことを思い返す。

あの朝、混み合った電車内で通り魔事件が起きた。被害者は三崎で、スカートをカミソリか何かでスッパリ切られたのだった。ほんの数センチだったけれど、ホームでそれを見つけた彩が声をかけているところをスーツ姿の若い男性二人がスマホで撮影し、その音に気付いた彩は二人に詰め寄って怒鳴りつけた。

「今すぐ消せ！　さもないと盗撮で警察を呼ぶぞ。」

男性は（チッ）と舌を鳴らしながらそれを消した。振り返ると、三崎のそばには丸尾がいて、自分のジャージを三崎のスカートの上から巻いて腰の所で袖を結んでいるのが見えた。それから二人は少し離れた所にいた彩をチラッと見たものの、そのままホームの階段を下りて行ってしまったのだった。他の乗降客もすでにいなくなって、がらんとしたホームに彩は取り残されたように立っていた。

「アタシ、一人でカッカしてバカみたいじゃない。」

そう呟いた彩の足元を、風がひゅうッとかすめていった。

（三崎は被害者で丸尾はその親友。アタシは彼女らとは普段から距離があって……でも彼女らに腹を立てた訳ではない。）

彩は黙ったままうなずいた。

「盗撮男はあっちが悪いんだし、蹴り倒してもよかったくらいだ。」

思い出して吐き捨てるように言うと怒りが再燃してきて、彩の周りに陽炎が赤く揺れ、胸の辺りがチリチリした。それは怒りの感情だと分かったが、それはそれとして。

「うーん、誰？」

仰向けのまま腕を組み記憶を辿る。駅のホームのことよりもっと前。

「クゥ。」

ジョウが鳴いた。すると、グリーンヘヴンの透きとおる空に模様が現れた。初めは薄くて雲のようにも思えたが、次第にいくつもの渦巻きがはっきりと見えてきた。原色や中間色、金や銀、明るいもの、暗いもの、何か植物的な生き物のようにも思えるそんな蔓草模様が、空のスクリーンいっぱいに映し出されていく。

「あれは何？」

ジョウの方を向いて問いかけてから、話ができないことを思い出す。しかし答えるようにジョウが鳴いた。

「クゥ。」

その声に反応したように、一つの黒い渦巻きがクローズアップされる。大きくなったのか、それとも近付いたのかは分からない。黒い蔓草のようにも見えるそれにはたくさんの細い棘が伸びたり縮んだりしていて、さっきよりさらに生き物っぽい。

（あれに刺されたら痛そう。）

と思った途端、胸の辺りにチクッと刺されたような痛みが走った。

（そうか、あれ、アタシの言葉だ。）

何故かそう思った。間違いないと。空一面に現れたのは自分が口にした言葉の数々。そして多分、良い言葉は光って明るく、そうでないものは暗く濁った色になる。他の人にもそう見えるのかは分からないけれど、あの黒い棘を持ったものは、もちろん良くない言葉。

彩はちょっと目を閉じる。

（ソウネ、言葉とはそのように「ある」ものなのよ。思いがあるように、水や花や石があるように、命があるように、言葉もあるの。）

その「声」に思わず彩は起き上がった。

「誰？」

ジョウを見ると前足に顎を乗せて眼を閉じている。彼ではない。彩は親指を口元に当てて考え込む。誰かが心に話しかけてきた。その感覚はビャクが話しかけてくるのと似ていたが、今のはビャクではなかった。

「空？」

しばらく見上げていたが何も変わりはない。それで、ともかく、今の言葉を考えてみる。言葉は「存在」であるという。ビャクも前にそんなことを言っていた気がする。人の思いは「存在」するとかいうことを。それはここ、グリーンヘヴンだけの話ではなく、現実の世界でも同じだけれど、普段は見えないから分からないだけだと。

「感じないから構わない、訳ではない……。」

カリカリと空をひっかいているような黒い渦巻き。

「その自覚が必要ってこと……よね？」

誰にともなく問いかける。

「そっか、藍ママとの口ゲンカのことか。」

ジョウが少し顔を上げて、静かに瞬きをした。進路の相談に乗ってくれたのに、決められない自分にイライラして「もういい」「うるさい」「時代が違う」などと投げつけた言葉があの黒いトゲ虫もどきなのだ。普段から軽い言い合いは珍しくなかったから、今朝のこともたいして気にしていなかったのだが。またゴロンと草に顔をつける。目を閉じても、トゲトゲした黒い渦巻きは額の内側の辺りに「見えて」いた。

（嫌だな、あんなものを吐き出していたなんて。）

彩は真っ暗闇の中で顔をしかめ足をバタバタさせた。

「藍ママ、ごめんなさい、わがまま言って。それから夏葉と黒田、無神経でゴメン。それに宇津見も、ボンヤリ娘だなんて八つ当たりしてゴメン。三崎と丸尾にもなんかモヤモヤして悪かった。辻にもあんまり優しくなかったな。」

一通り言って軽く鼻をすすってから体を起こす。見上げると、空の渦巻き模様は消えていて、少しホッとした彩はジョウを見て言った。

「あなたは失言なんかしなさそうね。」

「クゥ。」

いいタイミングだ。会話が成り立っているような気持ちになる。彩は立ち上がると、ビャクは何処へ行ってしまったのだろうかと辺りを見回す。するとジョウも立ち上がって、彩に向かって「ウ……」と小さく唸った。

「何よ、どうかしたの。」

そう言いながらジョウの方へ歩き出す。


ヴゥウゥウンッ。


大気……というか空間全体が揺れたような振動。彩は両手でこめかみを押さえる。耳の奥が圧迫されるような気持ち悪さ。半ば目を閉じてジョウの方へとふらつきながら……さっきビャクにしたように……ジョウに腕を伸ばしたつもりが、その手は空を切った。

「あ……れ。」

支えの当てが外れてよろめきながら見ると、ジョウはまた二メートルくらい離れた所に立っている。

「ねえ、青。今の音は何？」

言いながらサクサク草を踏んで近付こうとすると、その分だけジョウは下がっていく。

ムッとした彩が立ち止まると、ジョウも移動を止める。

「あーそう、触られたくないってこと？」

「クゥ。」

ジョウがゆっくりと瞬きをした。これは「yes」という意味らしい。

「で、さっきの音は何よ、分かってるんでしょ。」

近付くことはあきらめて、彩は両手を腰に当ててジョウに聞いた。

「クゥ。」

問いかけには答えてくれるが「クゥ」では彩には理解できない。やはり、この世界ではビャクが頼り。（ふぅ）と息をついて見ると、ジョウは青みがかったブロンズ像のように、深く碧い眼を彩に向ける。そこから何かを読み取れとでも言うように。

「わかりませんよ。」

少し口を尖らせた彩がきっぱりと言うと、ジョウはまた、ゆっくりと眼を細める。どこか猫を連想させる反応だ、と彩は思う。まあ犬ではないのだし、仕方がないので自分で考えてみる。何かがこの空間を震わせた。それはビャクが出かけていったことと関係があるような気がする。この静かな世界に何が起きたというのだろう。

「ねえ、青。何かがこの世界に入って来たのかな。それで白が見に行ったってこと？　時間がずれている気もするけど。」

その振動はとても遠くから届いたのかもしれない。

「クゥ。」

小さく鳴いてジョウが頭を少し下げた。どうもそういうことらしい。なかなか帰って来ないが、ビャクは大丈夫なのかと少し心配になる。すると急に、ジョウが鼻を空に向けて何か探るように素早く左右に動かした。それで彩も空を見上げる。

けれども現れたのは意外な人物だった。

Ⅳ　どうやって来たの

「星野か？　君は無事なのか。」

聞き覚えのある声がしてふと前を見ると、まるで降って湧いたかのようにそこに立っていたのは、柊だった。白いシャツに黒い制服のズボンという見慣れた姿。けれども何となく輪郭がぼやけて見える。「無事なのか」の意味が一瞬分からなかったが、すぐに自分の交通事故のことを聞いているらしいと気が付いた。

「ん、大丈夫みたい、多分ね。」

意識の方はこの通り元気、けれど体の方はよく分からないから「多分」と言っておく。

「てゆーか、なんでいるの。」

まさか柊も事故に？　と心配になる。

「……何処に？」

ぼんやりした表情の柊が聞き返す。なんかまた、かみ合わないなあ、と彩は思う。よく見ると柊の身体はやや透きとおっている。そして、フワフワとした足取りで歩き出した。

まるで彩のことは忘れてしまったかのように。

「どゆことよ。」

ジョウを見ると、フワフワ歩いていく柊を目で追っているようだった。広々とした野原の緩やかな起伏を滑るように移動していく柊を見て、彩は、何かに似ているなと考える。そう、夢だ。夢の中ではあんなふうに低く飛ぶように滑るように移動することがある。彩はジョウの方へ振り返って聞いた。

「ねえ、彼は夢を見ているの、つまり今あちらの世界は夜で、寝ている状態で心だけこちらに来ているってことなの？」

するとジョウはチラッと彩の方へ振り返り、小さく鳴いた。

「クゥ。」

これは「yes」の意味だ。だんだんジョウの反応の仕方が分かってきた。彩が初めてグリーンヘヴンに来たのも、夢の中でのことだった。その時はいやにリアルな夢だと思ったものだった。今、柊は水色のゆるっとした上下のルームウェア姿で緩やかな斜面を下りていく。その先に視線を向けると一条の光が見えてきた。

(川が流れているのかな。)

前にもその風景を見たような気がした。彩は、ふと思いついてビャクがしたように地面を蹴って飛び上がってみた。

「ひゃあっ。」

体は簡単に浮き上がったが、浮かんだ状態のまま転びそうになる。少しもがいてどうにか頭を上にして、やや前かがみの姿勢で彩は移動を始める。そのうちにコツがつかめてきた。足の裏に意識を集中し全身が浮かんでいるとイメージ、それから身体が行きたい方向へ意識が流れていくようにイメージする。ちょっと愉快だ。

やがて斜面の向こうに小川が見えてきた。

(三途の川？　おばあちゃんが言ってた……。)

微かに甘い香りもする。ここがあの世なら、そんな川があっても不思議ではない。少し離れた所に薄紫の小さな花が群れになって揺れているのが見えてきた。

(川の周りはお花畑だって、おばあちゃん言ってたなあ。)

川へ視線を戻した彩は、流れているのは水だろうか、と首をかしげる。真珠色した無数の光の粒が弾むように流れていく。細かな光の粒は風に吹かれて舞い上がり、それは音の無いハミングのよう……彩はしばし見とれる。

少し先を行っていた柊が、川へと下る広い斜面の途中でふわりと立ち止まる。彩が追い付いてみると、そこはある程度の広さの平地で、その中程には直径一メートル程の丸い池があった。池は小川とはつながっておらず、鏡のような水面に空を映して、そのほとりに何かが背中を丸めて座っていた。

滑らかで透明感あるその背中は黄緑色。光沢のある白っぽい筋が縦に入り、ガラス細工のようにも見える。正座のように膝を畳み池の方へ少し身を乗り出して、何をしているのかと後ろから近付いてみると、右手に持った筆を水の面に下ろしサラサラとなでているのだった。筆を洗っているのかと見ていると、クルッとそれが振り向いた。

「カ、カエル？」

そう言った拍子に彩は地面にストンと落ちて、そのまま座り込む。丸みのある頭の上についた二つの丸い眼が、優し気に彩を見る。翡翠のような深く透明感のある緑色の眼だ。パンフルートのような音がして、それがそのカエル（のようなもの）がしゃべっている声だと気が付くのに、何秒か要した。

「蛙に見えるかぁの。ワタクシはクゥワックゥゥとぉ申す者。フォッフォッ。」

穏やかな声でそう言いながら、それは眼を細めて笑った。カエルは普通笑わないし、ここはグリーンヘヴンだし、ビャクやジョウが犬に似ていても全く別物なように、これもやっぱりカエルとは全く別物ということだ、と彩は自分に言い聞かせる。けれども、姿はともかく会話ができるのはありがたいこと。さっそく話しかけてみる。

「初めまして、クワックさん。それ、筆を洗っていたのですか。」

「クワックではぁない。クゥワックゥゥでぇある。洗っている訳ではぁない。文字を書いていたのでぇある。」

名前のことは置いておいて……と彩は筆先に視線を移す。

「水の面に文字を書く……。」

独り言のように柊が呟いた。今はまた、白いシャツに黒い制服のズボンという姿になっている。そしてふわりとクワックの隣に膝をつき、同じように池の方へ身を乗り出した。

その様子をやわらかな面持ちでクワックが見つめる。

池の水は驚くほど静まり返っていた。口元に軽く手を当てて、彩は水の色を確かめようとする。水はグリーンヘヴンの空を映したような青磁グリーン……と思うと、もうそれは涼し気な藍色に変わっている。彩が身を乗り出すと、水は少しの揺らぎも無いまま淡く燃えるような虹色を抱いた乳白色に変わり、また次の瞬間には金粉を散りばめたような朱鷺色に、そしてふたたび青磁グリーンに戻っていた。

（心が撥ね返されそう……。）

そんな水の面にクワックの筆先が滑るように触れていくと、幽かな光跡が生じる。けれども、彩がその跡を辿ろうとすると、もうすぐに消えてしまうのだった。

「読む前に消えてしまうの？」

これでは何の意味があるのだろう、とクワックの顔を見る。けれども、クワックは微笑みを浮かべ緩やかに筆を滑らせてゆく。

「総ての事象は流れてぇおる。行雲流水畢竟涅槃《こううんりゅうすいひっきょうねはん》、流れゆくは思念なり。運筆の一条毎に己の心の純粋を映すのでぇある。」

カエル（のようなもの）が、なんか難しいことを言いながら水の面にお習字している。

シュールすぎる、と彩は思った。

「まさにユートピアだ。」

うっとりと呟いた柊が、クワックの方へ向き直り、

「師匠！　私に教えてください。」

と熱意のこもった声で呼びかける。

「はあ？」

何なのこの展開、ついて行けない、と彩は柊の顔を覗き込む。

（な、なんか、すごく嬉しそうだ。）

確かに彼は書道部の部長だし、小さい頃から書道教室にも通っていると聞いていたが、

夢の中でもこのマニアぶり、筋金入りだ。

「フォッフォッ。心ぉながら水茎《みずくき》の跡清《さや》かなり。」

その言葉に心底感心したように柊がため息をつく。

「ちょっと何の話なの、ワケわかんない。」

その彩の声に反応したように、柊がふっと顔を上げる。

「星野か？　君は早く目を覚ますべきだ。丹羽が心を痛めて泣いているから。」

そう言ってゆっくりと立ち上がった柊は、また身体が透きとおって見えた。彩の心がキュッと痛む。

（泣いて？　つまり夏葉はうちに電話して、多分転送されて藍ママから事故のことを聞いて、柊に伝えた。泣きながら。自分はグズグズ寄り道していたのに。）

鼻の奥がツンとなる。

「アタシだって早く目を覚ましたいのよ。」

痛いかもしれないけど、かまわない、と思った。

「でも、どうすれば起きられるのか分からないの！」

気持ちが高ぶってきて涙が溢れ出す。後から後からおかしいくらいに零れてきて、何なのこの溢れる気持ち、ここが夢の世界だからなの、と理由を探そうとするが、困ったことに嗚咽《おえつ》まで込み上げてきた。すると、しゃくりあげ涙をぬぐう彩を見て、ひどくうろたえた柊が一メートル以上も飛び退いて叫んだ。

「な、なんで泣くんだよ、オマエ！」

と言ったかと思ったら、柊の姿がふっと消え失せた。今度は彩の方がうろたえる。

「ヤダ、何？　どうなってるの。」

辺りを見回すと、いつの間にかジョウも来ていた。しかし、柊がどうなったのかと尋ねても教えてはくれまい。ジョウはクワックに鼻先を向け、挨拶するように頭を下げて少し揺らす。クワックも眼を細めてうなずき返す。知り合いらしい。

「夢から覚めて、あちらへ戻ったということだ。」

言いながら、ビャクが空中から下りてきた。

「うわっ、あっちは消えるし、こっちはいきなり現れるし。」

と言ったものの、彩は内心ホッとしていた。ジョウはビャクに近付いて何やら呟いているように見えたが、スルリと風に溶け込むように消えてしまった。あっけない別れだった。ところで、やはり柊は夢の中でここを訪れていたのだという。それなら夏葉もそうやって来てくれれば謝れるのに、と考えたところで首を振る。

「いや、いや、ちゃんと目を覚ましてアタシの方から言わなきゃ。」

　でも、それがいつできるのかと考えると気持ちは沈む。夏葉を怒らせ、今は泣かせているのだから。もの思いに沈んでいた彩だったが、ふと見ると、ビャクが立ったまま、小川の向こうをじっと見つめている。

「この向こうに行っていたの？　何か良くないことでも？」

「進んで歓迎はしないが仕方ない。修理を終えるまでは。普段なら通り過ぎるだけなのだが。」

　向こうを見たままビャクが言う。やはり何か来たらしい。

「でも、変な音がするよりだいぶ前に行ったじゃない？　あれとはまた別なの。」

　彩の質問にビャクが振り返る。そして、いくぶん首を傾けて、ゆっくりと瞬きをする。

「そうか？　ここでの時間の流れ方は一人一人違っているからな。その一人の時間さえ、伸び縮みすることもある。」

　そう答えたビャクは、ふたたび川の向こうへ視線を戻したが、心なしか途惑っているようにも見えた。でも、修理って何を？　と彩はビャクの言葉を繰り返す。すると、ビャクの耳が後ろへ倒された。

「ねえ、嫌なら侵入者を防げなかったの。」

「私はこの世界に住まう者であって支配者ではない。誰かが来たのであれば、それは神に許されて来ているのだろう。」

ちょっと意外な感じがした。単純に、ビャクがグリーンヘヴンでは一番強いように思っていたから。それに……。

「かみさま？」

聞き返そうとして見ると、ビャクは相変わらず川の向こうを見据えている。今は耳をピンと立てていた。彩もそちらを見てみたけれど、明るく平らかな景色の中に目立ったものは無いように思われた。

「あのー、この世界の神様って……お稲荷さんのキツネとか？」

「馬鹿を言うな。」

思い切り否定された。「それじゃあ犬神さま」などとは決して言えない空気。気まずいな、と彩は池に目を移す。

「あれ、クワックさんが消えてる。何処に行ったの。」

「池に戻ったのだろう。ジィさんは騒がしいことを好まないから。」

ビャクがパサッと白い尾を振って地面を軽く打ちながら答えた。ジィさんというのはクワックのことのようだ。彩は、空を映す鏡のような水面を見た。でも、カエルは両生類だから息継ぎをしに上がってくるのでは、と言おうとして思い直す。クワックはカエルではなくて、グリーンヘヴンの生き物でお習字の先生……だったと。

「騒がしいことって……。」

彩が言いかけた時、ビャクがふたたび立ち上がり「グルルル……」と唸った。

風がヒュッと耳元で鳴った。ちょっと痛いような感じで。彩は顔をしかめて耳を押さえる。すると今度は内側から頭を押さえつけられるような不快感。

「うぅ……気持ち悪い。」

その時、ビャクの身体が彩に触れて、すぐにフワッとした清涼感に包まれる。見ると、ビャクの全身の毛は蒼い月夜の草原のようにサラサラと波打ち、そこから立ち昇った銀の光が周りの空間を煌めかせていく。隣にいる彩もその煌めきに包まれていて、そのせいで不快感が幾分和らいだのだと分かった。

耳からそっと手を離して顔を上げると、小川の向こうに何か動くもの。初めは白っぽくて縦長の物が遠くで揺れているのかと思ったが、すぐに、こちらへ向かって来ていることに気が付いた。

「人？」

白っぽい人影が滑るように近付いてくる。また誰か夢の中で訪ねてきたのか。近付くにつれ、それが何か乗り物に乗っていることが分かった。キックスケーターのような一人乗りの、けれども車輪は無く地面から少し浮いている。色は金属光沢のある白っぽい水色か銀色で透明感があり、反射というより内側から光っている感じ。

「誰？」

小川のすぐ向こう側まで来てふわりと止まったその「人」は、彩達に笑顔を向けた。

（なんか、作り物……仮面みたいな笑顔だ。体のバランスも、色も変わってる。）

体がいやに細長いその「人」は、ピッタリした白っぽい服を着ていた。そして、顔は緑色、髪は黄色で短め。袖口から見えている手も緑色、に見える。体型からすると痩せた男性、という感じだが、そういう分類が妥当かどうかも分からない。

（グリーンヘヴンの人なのかな。）

けれども、ビャクが何も言わないので、彩も黙っていることにした。その「人」……取りあえず「彼」……は、少し困ったように周囲を見回していたが、ふたたび彩の方へ向き直ると話しかけてきた。

「ココはさん、ではなくてー、よんじげん……、キカイがーオカシクテ。」

それは紙がカサカサとこすれるような、乾いた感じの声……なのか、耳の奥に直接響いているのか、とにかく変な感じだ。

「四次元延長上にある曖昧な領域だ。三次元ではない。次元の特定は難しいが、貴方の乗り物が通れる程度、と言えばだいたい想定できると思う。」

ビャクの答えの意味も、さっきの質問の意味も、彩には理解できなかった。ビャクの答えを聞いた彼は、しばらく乗り物に乗ったまま左右にフラフラ揺れていたが、やがて目の前に流れる光の小川を見つめて気落ちした様子で言った。

「コノ境界わー越エラレナイ。シ……神話ノヨウだ。」

そしてこちらへ顔を向ける。

「ソチラへ行きタイのーだが、ドウすればー行けるのか。」

その質問には答えずにビャクが聞いた。

「修理はどうした。」

「遠隔サービス頼みマシタヨ。機械わー苦手デスカラ。サスガ中古品。しかし大丈夫デス。じきにー再生するデショウネ。」

何だか黒田を思い出させる話し方をする、と彩は思った。修理と言っていることから、乗り物に乗ってここまで来て、アクシデントに見舞われたらしいと分かる。中古品のせいだと彼は考えているようだ。

ふと、彼と目が合った。金色の虹彩の中にある黒い瞳孔は縦に長くて……何でそんな細かいところまで見えるのだろう……川を挟んでいるにもかかわらず、目の前に立たれたような錯覚を覚えて彩は少しふらついた。周囲の風景がぼやけてくる。

「ソレハ、コノ、チ……地球人……デスネ。」

それはすぐ耳元で聞こえた。

「そうだ。主に三次元で活動中だが、今は訳あってここにいる。」

よく響く低い声で、代わりにビャクが答える。そのバリトンのような声が彩を揺らすと、ぼんやりと霧に包まれたような変な感じが払われて、少しスッキリした。

「ねえ、彼は何なの。」

彩はビャクに小声で尋ねた。

「他所の星からやって来た者だ。」

フサッと白い尾を振って、こともなげにビャクは答える。

「う、宇宙人て、えーっと……ソレが何でここに来るワケ？」

この広い宇宙の何処かには、高い文明を持った人類がいても不思議ではない。けれども、それがグリーンヘヴンに来る理由が分からない。ここは夢の中、つまり心の世界、あるいは霊界だったはず。

「彼等の乗り物は異次元を利用して地球に飛来する。」

当たり前だろう、という言い方。しかし、彩の反応が鈍いのを見て、ビャクは彩の方へ向き直った。エメラルドグリーンの透明な輝きが彩を真っ直ぐに見つめる。

「つまりだな、お前を含め存在の本質は心だ。そして、人はその一部を地球の三次元世界へと肉体をまとわせて生まれていく。まあ重たい潜水服を着て深海に潜っていくような状態だ。服は一枚という訳ではないが。存在の中心は心の世界にあり、その世界のことを異次元……四次元以降の世界と呼んでいる。ここまでは理解できたかな。」

さっき、三次元とか四次元とか言っていた話だな、と彩は取りあえずうなずく。それから、自分があちらの世界……三次元……に痛む体を置いて来ていたことも思い出す。

「それじゃあ、グリーンヘヴンというのは夢の世界で心の世界だけれど、それは異次元と呼ばれる世界でもあって、宇宙人の通り道でもあるということなの。」

自分の言っていることに自信はなかった。

「そうだ。だから注意が必要だ。基本的にはここは地球を取り巻く多層的な磁場の内だが、宇宙から全く隔絶されている訳ではなく、時空間をジャンプする為の通路として利用されている。」

ここがいわゆるUFOの通り道になっているという説明は、言葉としては理解した。その通り道で彼の「中古品」UFOは墜落して、今は何処かからの遠隔サービスの修理を待っている、ということのようだ。それにしても中古品だなんて、普通に街で見かける自動車販売みたいではないか。それに注意って何をどう注意すればいいのだろう。

「私はソチラへ行きたいのだが、どうスレバ行けますか。」

ふたたび彼が言い、ビャクがそちらへ顔を向けると、彼が続ける。

「私はヘイワテキに文化交流しマナブために来た。アナタ達とハナシをしたい。」

異次元を通って来るほどの宇宙人が、せいぜい月までしか行けないような地球人から何を学ぶというのだろう、と彩は不思議に思う。

少し間を置いて、ビャクが答えた。

「その機械を降りて歩いて来るがいい。」

その声の響きから彩は、ビャクが「歓迎はしないが」と言っていたことを思い出す。クワックは騒がしいことを好まないから池に潜って姿を消した、という話だったが、ビャクもあまりフレンドリーではないのかもしれない。

「ねえ、そんなにしょっちゅうUFOはここを通っているの、地球に来る為に？　信じられないけど。」

「見ようとしなければ何も見えてこないからな。」

彩とビャクがそんな会話をしている間に、機械を降りて来いと言われ困惑した表情を浮かべていた彼が、何か操作したようだ。キックスケーターのようなものがふっと輝きを失ったかと思うと、地面に下りて動かなくなった。輝きが消え地面に置かれた「それ」は、急に存在感を失って地面と同化する。

　草地に降り立った彼が小川へと歩み寄る。そして、あの弾むような光の流れを怪訝な面持ちで眺めていたが、やがて決心したように、けれども慎重に足を踏み入れた。

「あれ、深いの。」

　ちょっと心配になって彩が聞くと、素っ気なくビャクが言った。

「本人次第だ。」

　意味の分からない答え。それに何故、機械を降りなければならなかったのか。あの乗り物は浮かんでいたのだから、そのまま川を越えられそうなものだが。

　彼はと見ると、膝の上まで水に浸かりながら、ゆっくりと歩を進めている様子。案外流れが速いのか、それほど川幅があるようには見えないのに、なかなかこちらへ辿り着けない。中程でいったん立ち止まった時には、もう腰まで浸かっていた。あれ、冷たくないのかな、と思ったものの、またビャクに「本人次第だ」などと言われるのも嫌なので、それは聞かないでおくことにした。

　どうした訳か、彼は立ち止まったまま流れの面に見入っている。

（大丈夫なのかな。）

彩がそう思った時、不意に彼は身をかがめ顔を水につけた、と思ったらそのまま全身を沈めてしまう。流れに足を取られたのかと、思わず彩は斜面を駆け下りて岸辺に立ち川面を見回す。すると、波立つ水の中から勢いよく立ち上がった彼が叫んだ。

「いい、実に良い水ダ。光を含み香りがある。コレが地球の水ナノカ。」

感激したようにパッと広げた彼の長い腕の先から、真珠色の光の水が舞い上がる。その光の粒は空中に微かな虹色の弧を描きながらゆっくりと川面に落ちていき、それを不思議そうに眺めていた彼だったが、ふたたび歩き出すと、ほどなく川を渡り切ってこちら側の岸に上がってきた。

Ⅴ　宇宙協定と言われても

近くで向き合うと、やはり背が高い。二メートル以上はありそうだ。体にフィットした白い服がそれを際立たせている。白と言ってもその表面には淡く色を帯びた奇妙な金属光沢があり、それが服の上を絶えずユラユラと移動していくように見える。薄い生地なのに「異次元的」な奥行き感。顔はやはり緑色だったが、クワックのような透明感は無く細い筋が縦に入っている。

ありがたいことに目は二つ、その下に口が一つあって地球人と同じ。でも鼻と耳はよく分からない。髪は金髪ではなく普通に黄色くて、どうも彩やビャクのように一本一本の細い毛ではなく、ヒラヒラしたリボンかカンピョウのよう。これくらいならそれほど地球人とかけ離れた姿ではない、と彩は少しホッとした。けれどもその彼が、細長い両腕をゆっくりと広げながら笑顔で近付いてきた時、彩は思わず後ずさった。

「地球ジン……三次元のホウは、大変デスか。」

「えぇ……？」

咽でうなったような変な声で返事をしてしまい、もう一歩、後ろに下がる。質問の意味合いも分からなかったし、二メートルの高さから見下ろされるのも嫌な感じ、圧迫感があった。斜面を下りるのではなかったと後悔したが、後ろを振り返ってビャクに助けを求めるのも嫌だ。それに、もし本当に危険ならビャクはすぐに来てくれるはず、と彩は少しふらつきそうになりながらも、クッと顔を上げ相手の目を見て言った。

「初めまして。水は冷たくありませんでしたか。」

「ハイ、冷たくて良かったデスネ。地球人は水を嫌いますか。」

何だか「お気の毒に」と言われたみたい。「地球人」という呼び方もぎこちない。でも、と彩は考える。それならば、こちらが相手を「宇宙人」や「異星人」などと呼ぶことも間違いかもしれない。相手にとってはこちらが「宇宙人、異星人」なのだし。

「あの、私は星野という名前です。あなたは?」

「ふーん、ナマエ……ソレは何の分類?」

すごく気の無い返事。しかも彼は名乗らない。

「星野だ。宇宙人。」

頭上からビャクの声が響いてきて思わず彩は振り返る。

(うわっ、思いっきり「宇宙人」て言っちゃってる。)

少々あっけに取られたが、彩がその宇宙人の方へ向き直ると、何だか様子が変わってい
た。先程までの作り笑いのような表情が消えて、今は少し驚いたような顔になっている。
そして、その表情のまま視線を彩に移した。
「ワタクシ……この地球的には……ヘリオ……ヘリオーソル……と言うナマエでしょう
ネ。」
その態度も、さっきよりやわらかくなった気がする。ビャクの呼びかけにどのような効
果があったのか分からないが、取りあえず会話に参加してきたので、彩はホッとして斜面
を上っていって聞いた。
「なんかあの宇宙人の態度が変わったんだけど、どうかしたの。」
ビャクは（フン）と鼻を鳴らして答えた。
「銀河の岸に無数の星が花のように煌めき揺れる天空の野原、というようなイメージを
送ってやったのさ。できる限り鮮やかな彩りでな。」
そう言って白い尾をフサッと揺らしたビャクの全身が淡い鴇色《ときいろ》に輝いた。さっき「星野
だ。宇宙人」と言ったほんの短い時間に、相手の態度を一変させるようなそんな素晴らし
いイメージを送っていたとは。
無数の星が花のように煌めく天の野原。ビャクがそんなふうに自分の名前をイメージし

ていたなんて、と彩は少しドキドキした。それは一体どんな風景……けれども、それをうっとりと想像しかけた時、ビャクの尾が腕を叩いた。

「おい、相手の意識にやすやすと飲み込まれるなよ。宇宙人との会話は念力勝負だからな。」

「え、どういう意味。」

「異星人との会話は心の力を使う。より強く念じた者の方向へ時間は流れていくということだ。これはUFOの操縦とも関係しているらしい。だから心の中心を常に自覚しておくことだ。」

いわゆる、テレパシーの話らしい。外国どころか地球外生命なのだから、言語が違うのは当たり前で、それでも通じているのはここが異次元で、心の世界だからなのだろう。イメージを送る、強く念じる、みな心の力だ。

その間に、ヘリオーソルが斜面をぎこちなく上って来た。金色の瞳がふたたびこちらを見つめてきたが、彩は真っ直ぐに見つめ返した。そして顔の高さが同じくらいになると、ヘリオーソルが少し途惑ったように話しかけてきた。

「地球人は皆ソノヨウニ美しいのですか。」

美しい地球人、と言われ彩は顔が赤くなるのを感じた。だがすぐに、（いやいや、落ち着け、アタシ）と思い直す。さっきビャクに言われた「念力勝負」という言葉を思い出し、グッと握った手を胸に当てて「心の中心」と念じた。そしてチラッとビャクを見る。その時ふと、美しい地球人ってビャクのことかも、と思った。

「皆ではない。地球文明は愛と調和、そして多様なる進化と繁栄をテーマとしている。故に貴方が美しいとは感じない者達もいるだろう。」

このビャクの返事を聞いたヘリオーソルの表情が曇る。

「ソウデス。コノ地球では過去の文明ノ破壊的終末により何度も森林が砂漠に変わったと学びました。悲しいデス。しかし、ワタクシはその劇薬的な進化の種がホシイと考えマシタ。ワタクシは科学者エリートデスから良い研究ができると考えマシタ。」

ビャクが微妙に首を振る。

「進化の種？」

彩が聞き返す。

「ソウデス。我が地球の文明は進化が停滞していると、ワタクシは憂いています。停滞は相対的にゆっくりとした退化デショウネ。デスから次世代ノ支配階級ノ責任として故郷の星への愛によりコノ……留学、を自ら志願しソノ……。」

そこまでで言いよどむ。

「あーでも、墜落してしまったのよね？　修理したら行けるんですか。」

「イヤ、もう引力圏に出現するのは危険デショウネ。不安定すぎる。ソレについてはもう……。中古品レンタルはコレだから。」

そう言ってため息をつく。ちょっとかわいそう、と彩は思った。

「操縦者の訓練不足では。」

ビャクが言った。彩がギョッとしてヘリオーソルを見る。

「機械はニガテですから。」

不快そうな表情でビャクを見る。ビャクの方は気にするふうもなくさらに言う。

「レンタル先を誤ったかな。」

ビャクはどうしてそんなことを言うのか。機械が苦手なのに中古品のＵＦＯレンタルまでして異次元を通り、地球まで来たのだと思うと、彩にはこの宇宙人がますます気の毒に思えてきた。ビャクはやや眼を細め、尾でパタッと地面を叩いて言った。

「早く修理が終わることを願うよ。」

「ソレは感謝します。ココからなら無事に帰れることデショウネ。」

辺りをキョロキョロと見回しながら彼が答える。感謝の気持ちがあるようには見えないな、これ、平和的な文化交流なんだろうか、と彩が少々悩んでいると、今度は彩に視線を移してヘリオーソルが笑顔で言った。

「天空の星の野原、少し水に足を浸しませんか。」

「はいぃ？」

また変な返事をしてしまった。まず「天空の星の野原」が自分のことを指しているのだと気が付くのに数秒かかり、その後の彼の言葉の意味合いもよく分からない。そんな途う彩を見て、彼はまた残念そうな顔をする。

「先程の川の水は実に素晴らしかった。しかし地球人は水を嫌いますか。ワタクシの星ではソノようにして、時には……種族を超えても親しくなります。」

相手の星の文化だという説明を聞いた彩は、「光を含み香りがある」という、真珠色の光が弾む小川に視線を投げて、それなら付き合ってもいいかなと思った。

(でも、いいのかなこれ。)

と彩はチラッとビャクを見る。それを見たヘリオーソルが聞いてきた。

「カレは、天空の星の野原の上司ですか。」

「はぁい？」

彩の間の抜けた返事を聞いたビャクが（フッ）と笑う。

「ち、違いますよ。」

ビャクを軽くにらみながら彩が答える。

「では、アナタが上司ですネ。」

「えっと、それも違う。」

その返答にヘリオーソルが困惑した表情を浮かべる。

「友人……というところかな。」

ビャクが答える。その声には微妙に楽しんでいる雰囲気が感じられた。

(アタシと白が友人?)

それも何だか違うような、と彩は首をひねる。それなら、どういう関係と言えばいいのかと考えてみるが、ピッタリする言葉が見つからない。

「ユウジン……ソレはどういう分類……形が違う者同士という意味ですか。」

友人がどういうものかという問いに、彩は夏葉のことを思い出す。あちらの世界ではどれくらいの時間が過ぎたのだろうかと、軽いため息。さっき柊が帰ったのだから、もうそろそろ二日目になっているのか。

「互いに相手の幸福を願う関係、かな。」

ビャクが答える。

「アー、give and take と言う……。」

ヘリオーソルがそう言いかけるのを遮るようにビャクが言い換えた。

「give and. . . happinessだ。」

「アー、でもソレでは与えきり、捧げる想いです。主従関係です。」

「その通り、与えきりだ。愛だからな。だが主従関係ではない。」

この会話をビャクは楽しんでいるらしかったが、ヘリオーソルの方はしきりに首をひねっている。けれども、先程の会話よりは友好的かな、と彩はビャクを見る。それにしてもビャクが「愛」とか「神」とか、ごく自然に使っていることが不思議だった。

「貴方が故郷の星の発展を願いここまで来たことは、愛ではないのか。」

やや優しい口調でビャクが問いかける。

「もちろんデス。ワタクシは我が地球……ティーラを愛していますカラ。地球神ティーラに心を捧げソノ威光が宇宙に輝くことは幸せです。ワタクシは地球神の枝葉デス。さらにワタクシは同朋と、下層階級への責任という高貴なる義務を自覚しており、これこそがエリート階級たる資格ですカラネ。」

今度はヘリオーソルの「神に心を捧げる」という話に、彩は違和感を覚える。ＵＦＯに乗るような人が信仰を持っているなんて思いもしなかったからだ。二人の会話に入れない自分は、精神的にとても幼いような気がしてきた。ビャクが言う。

「ティーラ神もまた貴方を愛して、与えきりだと思うが。」

「神がワタクシを愛するというのか。ソノ方向性は理解困難ダ。」

「地球に来たのであれば、それをこそ学ぶべきであろう。」

川へ行こうという話は何処かへ行ってしまったようなので、彩も考えてみる。

(happiness. . . 幸せ……心が満たされること。でも、アタシの言葉は夏葉を傷付けて、こっちも全然幸福じゃない。つまり、giveじゃなかったってことで……何?)

ヘリオーソルは、少し下の斜面で座り込む。軽く立てた膝の上に両手を置き、ぼんやりと川を眺め始めた彼の黄色いリボンのような髪を、薄紫の真珠光沢のあるそよ風が揺らしていく。なんて優しい色合いだろう、と彩は目で追う。彼もその薄紫の風に気付いたらしく、スッと手を伸ばし触れようとすると、風はその指先でクルクルと、まるで笑いかけるように煌めいた。

突然、ヘリオーソルが叫ぶように言った。

「アア！　ワタクシはティーラ神を愛しているからここまで来た、ソシテ、かわいいウィーレへの責任感から来たのだ。」

遠く故郷を思い出すように空を仰いで、彼の思いが溢れ出す。

「あの膠着した星の文明を変えたいと裏取引のレンタルまでして密航したのダ。ソレは支配階級の者として、ティーラ神を愛する者としての社会への責任感ダ。違うか？　しかもこちらの地球は宇宙協定に限定的な参加しかしていない。ワタクシはまるで密入国ダ。ワタクシに愛を捧げるウィーレは心配しているだろうか。小さくかわいいウィーレ、しかし儚い命よ。あぁワタクシも彼女を愛しているというのか、責任感ではなくて？　下層階級の彼女を！」

下層階級？　裏取引？　密航？　宇宙協定？　密入国？　この不穏な言葉の数々。どうやら彼の星には厳しい身分制度があり、また鎖国のように、こうして地球に来ることは禁止されているようだ。

すると、急に思い出したようにヘリオーソルが振り返り、言った。

「天空の星の野原、一緒に水に浸りましょう。アナタは新鮮ダ。階級に囚われていない、プリミティブな花のようダ。その自由な……。」

ここまで言って、彼はビャクの方を見る。

「アナタと彼女は同朋ということでよろしいか。ずいぶんカタチは違うようだが。」

ビャクは少し首を傾けてこれを聞いていたが、顔を上げてヘリオーソルを見つめ返すと、ゆっくりとした口調で答えた。

「貴方の言う『同朋』の範囲は少し分かりかねるが、彼女は自由に考え行動する者だ。私と同様に。」

これを聞くとヘリオーソルはふたたび斜面を上り、彩の近くまで来て言った。

「ワタクシはアナタの自由さヲ……知りたい。」

そしていやに長い腕を伸ばしてきて、彩の手をとった。

＊

二人は岸へと下りていく。歩幅の違い過ぎる相手と歩くのはなかなか大変だ。彩は大人に手を引かれて歩く幼い子供みたいな気分になる。

「サア、入りましょう。」

川岸に着くなり弾んだ声でそう言って、彼は彩の手をつかんだまま躊躇なく川へと向かう。

「え、深くないの。」

思わず彼の手を両手でつかんだ、と思ったら、もう水に入っていた。いつから素足になっていたろうかと彩はぼんやりと思う。透明な水が足首のところでチラチラ揺れているのが見えた。水はあまりにも透明で本当に流れているのか疑わしいくらい稀薄な感触。川底に広がる白い砂地はとても滑らかな肌触り。彩はここがグリーンヘヴンだったことを思い出した。これは水であって水ではない。

「ココは浅いですネ。」

意外そうに、あるいは残念そうに？　彼は言った。

「水が好きなんですね。」

「自由に水に出入りできる環境は好ましいデショウネ。しかもコノ水は実に良い。」

彩の手をとったままヘリオーソルは流れを少し下り、ちょうど並んで座れるような平らな岩場を見つけると、彩を促して座らせ自分も腰を下ろした。清涼感だけが触れていく足を揺らすと、細かな波から光が生まれ、小さな蛍のように飛び回る。

（この水は光でできている。）

ヘリオーソルもさっきそんなことを言っていた、と見ると、彼は長い両腕を後ろに伸ばし体を支えるようにして、目を閉じたまま水中に足を揺らしている。

「アア、冷たく足を包み込む……幸セダ。」

彩は不思議な気持ちでその言葉を聞いていた。この水は、彼にはしっかり冷たくて、けれども彩には稀薄な、光る風のようにさえ感じられるもの。

（でも、これでどうやって親しくなれるのかな。）

話すことも思い付かず、彩が足を揺らして小さな光を舞い上がらせ、ぼんやりそれを目で追っていると、ふと甘い香りを感じた。

「甘い香りがする。この川の水が？」

彩の言葉に、彼が目を閉じたまま答えた。

「ラヴェンダーウォーターですネ。ヨク溶け込んでイル。ふうっ……心の平安を与えてくれる、恩寵ですネ。近くに群落があるのでしょう。ワタクシの星でもハーブは一つの勢力として、彼等は有効な成分を提供してくれます。」

「勢力？　彼等？　あなたは植物と会話できるのですか。」

すると彼は薄目を開けて、こともなげに答えた。

「ワタクシは、アナタ方が言うところの植物ですカラ。」

「ええっ、でも……その体は……。」

それで水が好きなのかと納得すると同時に、ついまじまじと相手の体を見てしまった。だってあまりにも「人間的」なその姿。彩の視線に気付いたヘリオーソルが体を起こす。

「このスーツですヨ。宇宙協定で……、まあこの部分は自主規制と言うか、ヘイワテキ交流の為にはあまり姿が違い過ぎると恐怖を与える可能性がありますから、程よい姿に見せるヘンシンと言うかゲンワクと言うかネ。地球磁場による再構成プログラムと、あとは星により様々な姿変えのテクノロジーはありますケド、ワタクシはこの投影スーツを利用していますネ。コレは通訳補助も優秀ですしネ。」

服に通訳機能があるとは便利だ。では彼は、本当はもっと「植物的」な姿をしているということなのか。失礼とは思いつつ彩はもう一度、上から下まで相手の体を見た。黄色いリボンのような髪が花びらに見えてくる。手は葉っぱで足の先は根っこ？だから水に入りたがるのかと考える。高さが二メートルくらいで緑色の茎と葉で、黄色い花びらといえばヒマワリが思い浮かぶ。確かに真夏の太陽を浴びて咲く立派なヒマワリなら、支配階級というイメージにも合うような気がする。

ビャクは初めからこのことを知っていて、星が花のように揺れる天の野原という、植物的なイメージを彼に送ったのかしら、と感心して斜面の方を振り返ると、ビャクの姿が見えない。辺りを見回すが何処にもいない。近くで寝ていてくれるといいのだけれど、と彩は少し不安になる。ヘリオーソルが話し始めた。

「ワタクシ達、植物人類とこの星の植物のいくつかは、同じ先祖を持つ者同士です。そういうDNA的な親近感もあってワタクシはこの星を選びました。まあ航路のカンケイで近かったしネ。」

「え、同じ先祖って、地球からあなたの星に植物を運んだのですか。」

「ソウではなくて、元の星からワタクシの地球とアナタの地球とに分かれていった者達デス。地球人類にしても、ソノように様々な星からやって来ているでしょう。」

来ているでしょう、と言われても、そんな話は生物でも歴史の授業でも聞いたことがない。まるで移民国家のようではないか。人類や動植物が宇宙の色々な星から来ているなど。

「あー、でも、こうして地球に来ているということは、あなたの星の植物の皆さんは、動物のように歩いたり話したりするのですね。」

「ソウデス。デスからアナタの言う、植物、動物という言葉は利用が難しいですネ。かつて地球でも植物文明……文明と言える程だったかは評価の分かれるところですケド、ソレが栄えた時は植物が活発に動いてタンパク質的な生き物を捕食することもありましたネ。アナタは学校で各文明の歴史についてまだ学びませんか。」

一体どんな学校でそれが学べるというのだろう。まるでSF小説のようだが、それを宇宙人から教わっているという奇妙な体験。

「今もそのspiritはこの星でearthling化されつつ、様々な大きさになって生き延びていますネ。皆あまり動かなくなっているようですケド。」

それはつまり食虫植物のような？　と彩は考える。今は小さなハエトリソウやモウセンゴケのようなものが、何億年も前の地球では積極的な捕食行動を……。

　突然、彩はゾクッとした。

（え……まさかこの人、捕食者？）

　にわかにエイリアン物のパニック映画が思い出され、思わず水から上がりかける。ヘリオーソルがその腕をつかんで言った。

「植物型宇宙人にも様々あります。ワタクシはフローラ系でタンパク質は食べません。コレは誓います。ペラム系やクァズ系や、ましてや悪質なレプタリアンとは違いますからネ。地球人類ノ捕食やアブダクションは宇宙協定違反ですしネ。」

「レ、レプタリアンって何ですか。」

　食べる？　食べない？　食べられない？　混乱した思考のまま彩は質問をする。ヘリオーソルの方はまた軽く目を閉じて顔を空へと向けている。

「この星的に言うと、爬虫類的なカタチの人類で主に肉食ドウブツですネ。科学力が高いから知性的だと自慢しますケド、情緒的には怪しいものですヨ。自分こそが宇宙のルールだと思っていますカラネ。」

　やや不機嫌そうな口調。宇宙では爬虫類と植物のどちらが優秀かというせめぎ合いがあるのだろうか。そもそも地球人の尺度で判断できることなのかも分からない。自分は宇宙のことにずいぶん無知なんだな、と彩は黙り込む。

「ワタクシの階級では光合成もしますケド、甘い果実で栄養を摂りますヨ。下層階級は、ほぼ光合成だけなので大抵は短命か知性が不足していますネ。アア、この星の果実も食べてみたかった。光をたっぷり含んだ果肉は好きですネ。」

そう言って彼がニコッと笑いかけてきたけれど、彩はちょっと距離を置きたい気分になっていた。彼の話すことは全て真実なのか。

(ヒマワリが人を襲うだなんてB級ホラー映画じゃあるまいし……ね。)

芽生えた疑いと不安を打ち消すように、彩は質問を続ける。

「か、果実って、木が自分の木の実を売り歩いたりするのですか。」

自分で言いながら、ホラーから急にファンタジィになってきたな、と変な気持ちでいっぱいになる。

「彼等はあまり動きませんネ。ソシテ大地に根を広げ地球と交信し思索を深める者もいます。過去の文明の記憶を抱いて孤独にまどろむ者もいますケド、大抵は森として集団を作り全体で一つの生命体のように意識を共有していますネ。」

それはずっと記憶が途切れず生き続けていくということではないのか。

「すごい。それ、不老不死ということですか。」

「イエ、個々の存在としては普通に数百年から数千年で死にますネ。存在の本質は地上ではなく四次元以降の世界にありますカラ、ちゃんと転生輪廻しますヨ。そのシステムもこの地球と近いですネ。そして彼等は我々に思想を提供してくれます。」

「思想を提供？」

会話は続いているものの、その内容はさっきから雲をつかむような話だった。

「果樹とは別にネ。特別に樹木人と呼ばれるヒトビトがいて、聖職者デスから特別の責任を負い、我々に方向性を示します。地球神の意思を伝える人々ですネ。」

彼の地球はティーラと呼ばれ、その星の神はティーラ神と呼ばれている。それは伝統的な宗教か、哲学思想や神話的なものだと彩は考えていた。けれども今の話を聞くと、実際に彼等が生きている星自体が「神」そのものとして認識され、樹木人は大地からその星の思想を得ているという。

（この地球もそうなの？　生きていて、意識を持っていて……。）

神様は空の上にフワフワいるような気がしていたけれど、と彩は考え込む。

「ワタクシ達は他の種族を管理指導し統治しますし、他の星との外交もこなします。交易や防衛についての契約交渉ですネ。我が地球産の鉱物や植物由来の稀少物質は重要な産品として、様々な星の人々に有効利用される価値の高いものです。コノように、ワタクシ達は実務を行いますケド、精神性を高めてくれる勢力がいなければ、文明の目的は見失われてしまいますからネ。」

神の言葉を伝えるとか精神性を高めるとか、宇宙人の話というより、まるでファンタジィ世界の話を聞くようだ。物語ではよくある「森の声を聞く」などということが、他所の星での日常だという。けれども、もしかして地球のファンタジィ作家達も、こうして夢で宇宙人と会っていたのかもしれない、などと考えてみる。

「樹木人の皆さんはどんなことを話してくださるのですか。」

「光の尊さ……ですかネ。ただ生きる為だけにあるのではない太陽の光の、偉大さ、強大さ、荘厳な静けさ。ソノような精神的ナ光を求める意欲と喜びを彼等は瞑想し我々は共有するのですネ。」

やはり植物だから光と水が重要らしい。地球上でも、樹齢数百年から数千年ともなれば、人格を感じさせるような木も確かにある。彼の星では本当に、そんな哲学者のような賢者のような存在がいて尊敬されているのだろう。そういえば正門近くのケヤキの木は、ちょっと雰囲気あったな、などと考えていた彩は、グリーンヘヴンで前に見た小さな森のことを思い出した。

「あのー、探せばここにも実のなる木が見つかるかもしれませんよ。前にきれいな森を見たことがあるから。でも、三次元でないとダメですか。」

「いえ、ここの方が存在の本質に近いですから好都合ですヨ。是非ソレは持って帰りたいですネ。」

ヘリオーソルが目を輝かせる。いいお土産が見つかるといいな、と彩は思った。

「貿易は盛んなのですか、えーと……他所の星との。」

この質問には、彼は残念そうに首を振る。

「ソレはネ、厳しく限定的ですヨ。他の星と交流はしてもワタクシ達は星に留まったままですからネ。」

そういう形の宇宙文明もあり得るものなのか、と彩は黙って耳を傾ける。

「我が星固有の文化に愛着はありますケド、ワタクシはもっと外に対して開いた世界にしていけると考えます。けれどもまだ学生ですからネ権力はありません。有力な家柄とは言え政治よりは研究の方ですし。変化を求めるワタクシは異端視されますが、応援してくれる同志もいますカラネ。」

「フロンティアなんですね。希望が叶うといいですね。」

彩の言葉にヘリオーソルの表情が明るくなる。

「協力してくれますか、天空の星の野原。」

「えぇ……アタシに何かできるのか……。」

どんな協力なのか見当もつかない。彼は嬉しそうに軽くうなずいた。

「まずは親しくなりましょう。水に浸けた足から気持ちを溶かし出すのデス。イメージですネ。樹木人には及びませんが、ワタクシ達も意識の共有はできるはずデス。ここの水は素晴らしいですカラ。」

けれども、そう言った彼の瞳は、彩を通り越して何処か遠くを思うような、夢見るような光を湛えていた。ウィーレを思っていたのかもしれない。彼女ともこのようにして心を通わせたのだろうか。足から気持ちを溶かし出すというのは意味不明だったが、取りあえず足に感じる水の揺らぎに心を向けてみる。光の水に。

彩は目を閉じて、ゆっくりと深呼吸を繰り返した。

VI　球根装置

ゆれる気持ち……ながれる思い……ながれる水に……こころおよぐ……

ふれてくる……ゆれる……ゆれる……


森が見えていた。

森の緑は深く静かに厳かな風格さえ醸し出して、ふと「信仰空間」という言葉が浮かんだけれども、その言葉の意味は彩には分からなかった。周囲に広がる野原はグリーンヘヴンではなくて、どこか別の……星の……どうしてそう思うのか、それは太陽が輝いていたから。グリーンヘヴンの空には見ることのない、そして地球のものとも違う大きなオレンジ色の太陽。

目を転じると遠くに建物が見えてきて、この見え方はグリーンヘヴンと似ていて……見ようと思うと視界が展《ひら》けていく感じ……そこだけピントが合ったように見える、水色に霞む細長い建物群の周囲には、ガラスチューブのような透明な道が立体的に巡っているよう

だ。それから急に場面が変わり、光り輝く一面のヒマワリ畑……ではなくて、地球のより
は緑濃い感じのヒマワリに似た花の……行進？
（これって、通勤通学時間みたいな？）
その時、ラヴェンダーの香りを感じて空を仰ぐと、そこにはグリーンヘヴンのやわらか
な輝きがあって、彩は目を開けたまま別世界の風景を見ていたことに気付く。
「あの深い森や水色の建物が、あなたの故郷なんですね。」
その風景の余韻を自分の中のどこかに感じながら彩は言った。
「美しいでしょう。」
ヘリオーソルの満たされた気持ちが伝わってくる。それは映像でも音声でもなくて、水
に浸した足で感じるという慣れない感覚。
（ああ、そうか。）
と彩は思う。あれは、彼の目を通して映し出された景色。これが意識の共有なのか。彼
の故郷を思う気持ちが水に溶けて彩の足から心に甘く流れ込み、水色に揺らめいているも
のだから、興味本位にあれこれ質問する気持ちにはなれない。
「遠くの星の景色が見えるなんて不思議。この水のせいなのかな。」
自分に特別な心の力があるとは思えない。この軽やかなラヴェンダーウォーターが、心

を透明にしてくれた気がする。

「確かにこの川の水は特別でしたネ。その為にワタクシのソリはこれを越えられませんでした。波長の違いに撥ね返されたのデショウネ。アア、この水の清浄さには心が震える。危うく帰りたくない気持ちになりそうダ。」

近くに群落があるにしても、その香りがこんなに水に溶け込むなんて、やはりここは特別な世界だ、と彩は光の水に揺れる自分の足を見た。異星の機械が越えられなかった川の流れ……ヘリオーソルはそれを「神話のようだ」と表現した。川の向こうに置き去りにされたあの異星の乗り物のことを思い出す。

（機械の波長が違うとか、宇宙の科学って……ちょっとファンタジィみたい。）

彼が岩から下りて流れの中に入っていく。何度も向きを変えながら水の中を歩き回るのは、流れの水圧を楽しむためか。

「アア、この空も素敵だ。空全体に太陽の光が溶け込んでいて芳しい。空も水もウィーレに見せたい。帰ったら必ず共有しよう。」

彼の言葉と共に、紫色の小さな花のイメージが流れ込んできた。黒く煌めく丸い瞳と、薄紫の唇、やわらかそうな緑の手……。それが不思議と愛らしく感じられる。ウィーレはスミレの花のようだと彩は思った。ヒマワリとスミレの恋人達は、彼の星では結ばれることのない関係なのだろうか。イメージの中の彼女の、微かに愁いを帯びて微笑む眼差しの先にいるのは、ヘリオーソルその人なのだろう。

彼は何度も川の水をすくい上げてはパッと空に散らす。空も川も風も、ここではみんな当たり前のように光に変わる。彼はそのことを素直に喜んでいる。そういえばビャクも光と風からできているような生き物だな、と彩は思う。それにしても、ビャクは何処へ行ってしまったのだろう。

ヘリオーソルが戻ってきて、彩に向かって右手を差し出した。

「水の中を散歩しましょうか。光と香りをもっと感じられますヨ。」

葉っぱなのかな、これ、と思いながら彩がその手をつかむと、彼が微笑む。

「ここの太陽の光はチャーミングですネ。得体の知れない奥深さと広がりは当然として、高貴さもアリ、見果てぬ夢のようにも感じます。」

チャーミングな光って何だろう、彼は植物だからそんな特別な感じ方ができるのねと考えながら、彩は立ち上がって川底に足を着いた。

真珠色の光の流れ。燦《きら》めく水飛沫はフワリと跳ねてゆっくりと下りていく。そこに微風の小さな金銀の渦巻きが混ざり合い、水と空気の境も曖昧になる。まるで目に見える音楽という感じ。気が付くと彩は腰まで水に浸かっていたが、冷たいとか濡れているとかいう不快感は全くなくて、光に包まれている感じがあるだけだった。

（なんか天の川を渡っているみたいな……って渡ったことないけど。）

彩は後ろを振り返る。思ったより岸から離れていた。

「ワタクシのソリに乗ってみませんか。」

彩の手をしっかりとつかんだまま、川の向こうに目をやってヘリオーソルは言った。異星の乗り物に……彩の心が動く。

「え、でも……。」

川の中で立ち止まる。すると彼が言った。

「実はＵＦＯが心配なので見に行きたいのです。銀河系内定期船まで飛べるくらいに回復していればいいのですケド。ワタクシ、帰れないと困りますからネ。」

それはそうだろうと彩も思う。その銀河系ナントカは、ＵＦＯを乗せて天の川を渡るカーフェリーみたいなものなのだろうか、と想像する。

「それはここから遠いのですか。」

「ソリに乗ればすぐですヨ。」

どうしようかと迷っているうちに対岸が近くなる。ビャクの姿は見えないし、これ、もしかして、グズグズ迷っているうちに事態が悪化するパターンなのでは、と彩は彼から手を離そうとする。

「ちょっと待って……。」

「ホラ、着きましたヨ。」

急に川が浅くなったと思うと、もう対岸に着いていた。彼はすぐにソリに歩み寄りハンドルを立て何か操作をする。ピーン……というような電気的な響きが彩の耳の奥で響き、淡い銀色の透明感ある輝きが戻った乗り物は宙に浮かんだ。

「サア、どうぞ。」

ソリに片足を乗せてヘリオーソルが言った。車輪が無く浮いているだけで、あとは普通のキックスケーターだ。普通の……？

金色の瞳が彩を見つめていた。


異星のソリは滑るように草原の上を進む。その滑らかな動きは距離感を分からなくして、どれくらいの時間これに乗っているのかもよく分からなくなっていた。

「ほらネ。」

到着したらしい。ソリが止まった。横に移動していくエレベーターに乗ったような慣れない感覚に酔ったのか頭が重く、右手で頭を押さえたまま彩はソリから降りた。足元は草地ではなく滑らかな床。つまり、ここはもうＵＦＯの中だ。彩はぼんやりとヘリオーソルを目で追う。薄暗かったが広さは六帖くらいかなと思う。床から壁そして天井へと連続的に続く曲面の空間なので分かりにくい。操縦席らしいものも見当たらない。天井が高いのは彼の身長に合わせた仕様なのか。部屋の中央に立った彼の足元の床から、何か花茎のようなものがスルスルと伸びてきて、その細い軸の先端が数十センチ四方の小さな机のように開く。

（植物っぽいなぁ。）

霞がかかったような意識の中で、彩はその様子を眺めていた。その白く小さな机から、手のひらサイズのスクリーンとその横にアイコンのようなものが幾つか、半透明に光って浮かび上がる。彼がそのコントロールパネルの上で指を滑らせると、天井と壁が青白い光を発して明るくなった。続いてキーン……という感じの音がして壁の一部が開くと、ヘリオーソルは乗ってきたソリをしまった。

（あの小さなパネルが操縦席なのかな。イメージと違うなぁ。）

するとと今度は、先程とは違う場所の壁が開いた。必要なものは壁や床に収納されているようだ。彼がチラッと彩を見て言った。

「疲れたのではないデスか。ソコに座りますか。」

そうして壁に開いた場所を指す。その空間には椅子が一つあり、彩は言われるままにフラフラと中へ入っていって座った。丸みのある縦長の空間はちょうど一人分くらいの大きさ。上の方は段々狭くなっていき一点に集まっている形のようだ。

「床に水が入ってる……どうして。」

「特別に作って貰ったノデス。落ち着くでしょう？」

足首くらいまであるその液体はほんのり温かく足を包み込んだ。何だか力が抜けてきて眠くなる。彼の声が夢のように頭の中に響いてきた。

（ワタクシの星は美しいでしょう……。）

先程のイメージを思い出してうなずく。甘い思い出の風景。

（見てみたいでしょう……行って……。）

少し意識がはっきりする。

「でも、アタシは目を覚ましてみんなに謝らないといけないから。」

夏葉や黒田、藍ママの顔が浮かぶ。それに何故か柊の顔も。

（帰りたくないって言っていたでしょう……。）

いつそれを言ったろう……そんなの本気な訳ないじゃない、と答えようとしたが、あまりに眠くて口を開くのもおっくうになってきた。

（許してくれないかもしれないけれど、アタシは夏葉に謝りたい……。でも、なんて眠いんだろう。）

（穴があったら入りたいって言っていたでしょう……。）

（それは例えの話で……それにどうしてそれを知っているの。）

と少し不愉快な気持ちになった彩は薄く目を開けた。そして、足元の液体が膝まで上がってきていることに気が付いた。

「だめ……だ。」

絞り出すように声を出し、顔を上げる。そして座面に両手をついて立ち上がろうとしてギョッとした。足に無数の根のようなものが生えている。いや、それは床と壁から伸びてきている管で、足を動かすとポロポロ外れて水に落ちたが、中にはしっかり皮膚に吸い付いて離れないものもあった。

「やだっ、白、助けて！」

思い切り叫んだ、つもりだったが、囁くような声しか出なかった。

「アナタが行きたいと言ってくれるなら、アブダクションにはなりません。協定違反にならないのデス。大丈夫、コレは良い球根装置ですカラ、アナタは安らかに眠ったまま、我が地球の新たな進化の種になるのデス。ワタクシは科学者ですカラ安心して研究されてください。」

球根の水栽培みたいな……。彩はゾッとした。気が付くと目の前の扉が上下から静かに閉まり始めているのだった。

(球根装置って何よ、安心ってどういうことよ。)

とにかく脱出しなければ、と力の入らない足で何とか中腰になり、入り口に手を伸ばして縁につかまると、キューン……というような音と共に扉が動きを止める。

「アア安全装置ガ作動シタ、こんな時に。コレだから機械ワー。」

ヘリオーソルの不機嫌そうな声。

「天空の星の野原、アナタヲ我ガ同朋のＤＮＡと融合させたいのデス。ドウか協力シテクダサイ。」

閉まりかけた扉の向こうに落ち着きなく動き回る細い足が見えると、彩の心に怒りが湧いてきて、それで幾分、目が覚めた。

「アタシは行かない。行かないからね。だからこれは協定違反だ。こんな装置に騙して入れるなんて……どういう罰則があるのか知らないけど。」

呂律が少々怪しかったが声を振り絞って言い返す。言いながら、(白、早く来て、強く思えば通じるんでしょ）と必死で念じ続ける。

「そんなーコト言わないデ、アナタはープリミティブなー美しい花ダ。ドウかーソノ滋ー養ナ……自由な……強さと……ソウ……セイ……生命力をワタクシの……も……ほ……星に……わた……与えーてークダサイ。」

うろたえているせいか翻訳が怪しくなってきた。だが、そんなことを気にしている場合ではない。彩は縁にかけた手を球根装置の外へ滑らせて、倒れるようになんとか肩まで這い出した。頭が押さえ付けられるように重い。ところが近付いて来たヘリオーソルが彩の腕をつかみ、あっという間に装置の中へと押し戻す。そして素早くパネルに戻った彼の操作で扉がふたたび動き出した。

「ビャク！」

叫んだがすぐに真っ暗になり、立ち上がったもののよろけて椅子に倒れかかる。足元からはふたたび生ぬるい液体と管が伸びてきた。

(座っちゃダメだ、この椅子に……。)

しかし空間は狭く余裕はほとんど無い。足に絡みついてくる管を振り払い、踏みつけていたが、急激な眠気が襲ってきた。

閉じられた球根装置の扉を、放心したように見つめていたヘリオーソルが、やがて（ふうっ）と大きく息をした。

「彼女ハ我ガ地球ヲ美しいト言ッタ。コノ装置に自ら入ッタ。」

自分に言い聞かせるように呟きながらパネルに戻って指を滑らせる。

「位置情報……次元レベル……。アア計算ハ面倒ダ中古品め。マア急がなくても……。」

ブツブツと呟きながらパネルを操作する。シューン……という微かな音と共に、スイレンの花が閉じるようにゆっくりとＵＦＯの扉が閉まり始める。


バシッ。


革の鞭を鳴らしたような鋭い音がしたかと思うと、ＵＦＯ内にビャクが立っていた。その体全体が銀色に輝いて炎のように揺らめく。入り口の扉は途中で止まっていた。顔色を変えたヘリオーソルが何か操作するよりも早く、ビャクが（ウォンッ）と吠えると、機内がビリッと激しく震え、ふらつくヘリオーソル。唸るようにビャクが言った。

「彩を返せ。」

「イ、イヤですヨ。せっかくの美しい種デスからネ。彼女は自分で入ったのデスからネ。

コノ生体認証パネルはワタクシのモノ。アナタがどんなに吠えたって作動しませんからネ。」

「そうかな。」

ビャクは逆立てた白銀の毛をザラッと鳴らし相手を睨みつける。

「グリーンヘヴンは、我が地球神の心の内。そして我等はその流れの中にある者だ。」

そう言って先程よりも激しく（ウォンッ！）と吠えると、その激しい振動によろめいて床に片膝をついたヘリオーソルが不安そうに機内を見回した。ビャクが与えた振動の余韻が壁や天井にミシッ、ギシッ、と不穏な音を伝えていく。

「ヤ、ヤメテークダサイ、壊れる……。機械はニガテなんデスから。」

「ならば扉を開けよ。」

ビャクが水晶の牙をガチガチと鳴らす。

「イヤだ、コレを持ち帰りアノ膠着した階級社会を変えるのダ。同志も心待ちにシテイル。そしてワタクシは……ワタクシはウィーレと一緒になる。こ、壊さないデ。」

うろたえるヘリオーソルを鋭く睨んだビャクが放電のような青白い光を発すると、その光が床を走ってパネルの軸を駆け上がり、アイコンが乱れて消えかかる。

「その可愛いウィーレにふたたび会いたいのなら、扉を開けろ。」

機内がギシッと揺れる。わずかにひるんだヘリオーソルだったが、すぐに気を取り直し腕を伸ばしてパネルに手のひらを当て意識を集中させると、ビャクの青白い光は遮断されたらしい。少し明るさを落としながら表示は正常に戻った。

「ふ、ふん、モウ遅い。彼女は装置と一体化し立派な球根にナッテイル頃ダ。無理に開ければ分解するゾ。アナタは自分の念の方が強いと思って油断シタ。ワタクシの思考ヲ読み損ねていたのダヨ。コノ投影スーツは相互の念を調整するオプション付きダ。」

ビャクは鼻にしわを寄せ（ウウ……）と唸ったが、動きを止める。それを見たヘリオーソルが勝ち誇った表情で立ち上がる。

ところが……。

「フォッフォッ。荒れた空気でぇある。」

パンフルートのような軽やかな声がして、ビャクとヘリオーソルが同時に振り向くと、入り口の近くに透明感のある黄緑色の生き物が、ほのかな光を帯びて佇んでいた。

「ジィさん。」

唸るように言ったビャクに、眼を細めやわらかにうなずいたクワックが、ペタリペタリと球根装置の前に進み出る。あっけに取られたヘリオーソルは固まっていた。

シュッ。

「イ、イッタイなんデスか、アナタたち……。」

カサカサした声で言うヘリオーソルの前に現れたのは、サラサラと鋼青色の光を発しているジョウと、隣でその光に包まれて立っている柊だった。ビャクが嬉しそうに（フッ）と笑う。ぼんやりと眠そうにつま先立ちで半ば浮かんでいた柊は、クワックを見つけると急に輪郭をはっきりさせ、足を床に着けて歩み寄る。

「師匠！　どうしたのですか。」

クワックはやわらかにうなずくと筆を取り出し、装置の扉にサラサラと文字を書いた。

そして柊に問いかける。

「読めるかぁの。」

「これは……『開く』……ですか。」

扉の表面に幽かに煌めく光跡を熱心に見つめながら柊が答えると、クワックが厳かな声で言った。

「そのぉとおり。さ、開けてみよ。」

状況がよく分からないという面持ちのまま、柊が扉に手を触れる。クワックの翡翠色の眼がそれを見つめる。すると、スルスルと開き始めた扉の内側から、生温かな液体がザァッと流れ出て、中には椅子から落ちかけたままぐったりしている彩がいた。

「バカな……ナゼだ……。誤作動シタ。」

呆然と呟いたヘリオーソルにビャクが答える。

「我々は朋友同士、心を合わせ望ましい未来を創るのだ。」

「ホウユウ……ユウジン……。ソンナに異なった形ナノニ……？」

彩の両足と腕にも巻き付いていた根っこのような管は、液体が流れ出た為か半分以上は外れていた。

「星野か？　何で雨漏りする物置で寝ているんだ。」

怪訝そうに柊が言う。

「すぐに引っ張り出せ。」

吠えるように言ったビャクを柊はちょっと顔をしかめて見たが、取りあえずその小さな空間の縁に片足をかけ、彩を抱きかかえるようにして引っ張り出しにかかる。プツン、プツンと管が外れていき、ジョウも顔を突っ込んで彩の足をくわえて引っ張る。クワックは（フォッフォッ）と澄んだ声で笑いながらＵＦＯを降りていき、ビャクはヘリオーソルを睨んだまま、少しでも動いたら飛び掛かるぞというように姿勢を下げた。

Ⅶ　メロンパン

「ん……ふふふ……。」

　フカフカのベッドの上で彩は薄目を開けた。

「……ってあれ、これ、アタシのベッドじゃない。」

　起き上がろうとした時、すぐ前で聞き覚えのあるよく響く声がした。

「下手に動くと落ちるぞ。まあ気持ちの問題だが。」

　落ちるですって？　とゆっくり頭を上げると、彩は透きとおったグリーンヘヴンの空を飛んでいるのだった。そこはビャクの背中の上。

「うっそぉ。」

　すっかり目が覚めてビャクの首をしっかりとつかむ。

「よかったな、彩。早くこっちに帰って来いよ。」

　真横から聞こえたその嬉しそうな声の主は、ジョウの背中に乗った柊だった。グリーンヘヴンの銀色の風が、幽かな虹色を帯びながらその髪にサラサラと触れてゆく。でも……

と彩は口を尖らせる。

(何で青が柊を乗せているワケ？　アタシには少しも触らせなかったのに。)

彩はジョウの横顔を見たが、碧い眼は素知らぬふうに前を見つめていた。コイツ、わざとだな、と思った彩はジョウに文句を言っても「クゥ」でスルーされると分かっていたので、矛先を変えた。

「ちょっとぉ、何でアタシのこと親し気に名前で呼んでるのよ。」

そう言われた柊は「あっ、いや」と顔を赤らめて前を向き、しばし風に吹かれていたが、思い切ったように振り返ると言った。

「僕のことは親しみを込めて、柊！　と呼び捨てにしてくれたまえ。」

と言った途端、その姿が消え失せた。そうして夢から覚めていった彼のいた辺りには、微かに煌めくものが見えた。


程なく川を越え、やがてビャクはいつもの野原に降り立った。乗り手が消えたジョウは、川を越えた辺りで青い風となって消えてしまった。

(あいつ、言いたい事だけ言ってさっさと消えるんだから。)

少し口を尖らせて空を仰ぐ彩の横顔を、眼を細めて見ていたビャクが言った。

「お前はとうに『あいつ』のことを名前で呼んでいるな。」

からかうような響きは少しもなかったが、彩はジロリとビャクを見て、黙って視線を空へと戻す。まだ心の中でそう呼ぶだけだ。だから実際には「ちょっと」とか「ねえ」とか言ってごまかすことが多かった。

（だって名前の方が……呼びやすいから……それだけのこと。）

ビャクなら「氷河」という名前を、どうイメージするのかな、と彩はすうっと息を吸い、静かにゆっくりと吐いた。なんだか心がサラサラする。サラサラしていて優しい気持ち。柊の気持ちが残っている？　心が重なっていくこの世界。それはこの心を生み出した慈しみの存在との優しい約束。彩はまたビャクを見た。

「あの……アタシは宇宙人に連れ去られるところだったの？」

一応、聞いてみる。

「そうだ。奴の思考を読み損ねた。初めから詭弁《きべん》を弄《ろう》し地球人を連れ去るつもりだったのだ。奴はこの次元で用を済ませようと、レプタリアン用の小型の罠を仕掛けた。そんなものまで用意周到にな。一般的にそちらの方が凶悪だから、私がそちらに気を取られている隙に、お前を結界の外へ連れ去ったという訳だ。」

結界というのはあの川の流れのことなのだろう、と何となく分かった。あれは三途の川ではないけれど、境界を象徴するものには違いない。ビャクはいつも、あのラヴェンダーウォーターのこちら側に呼んでくれていたのだ。それなのに……と彩は右手でこめかみをコツコツと叩く。

(アタシはうかつにも川を越えて、あの金色の瞳に意識を飲み込まれてしまったんだ。)

怒っているのか、とビャクを遠慮がちに見ると、意外にもそういう表情ではなく、むしろ、ちょっと元気がないような……。

(あれ?)

とビャクの顔を覗き込むと、彼はスイと横を向いた。

彩はできるだけ優しい声で言った。

「あのぉ、白と、青と、それに柊が、助けてくれたのよね? ありがとう。心配かけて、ごめんなさい。」

「それとジィさんもだ。」

ビャクが付け加える。

「そうなんだ。」

クワックがどんな活躍をしたのか見当もつかなかったが、彩は胸に手を当てると、あの池を思い浮かべて「ありがとうございました、クゥワックゥゥさん。」と強く心に念じた。

横目でその様子を見ていたビャクが（フッ）と笑う。

「お前が装置の中で抵抗していた為に、助けが間に合った。」

これは褒め言葉だろうか。

「アタシの……助けてっていう心の声……。」

「強い思いで一点突破という訳だな。」

本当に、間に合わなかったらどうなっていたことか。しかし、ホッとしてみると、ヘリオーソルのことが気になってくる。自分が助け出されたということは、あのＵＦＯにみんなが乗り込んでいき、襲ったり壊したりしたのだろうかと。

つまり、ビャクは彼を襲った？

「えーっと、彼は無事に帰ったの？」

恐る恐る聞いてみる。

「ン？　ああ……。」

ビャクがぼんやりとした返事をする。珍しいな、と彩は思った。しかも、なかなか答えない。ちょっと心配になる。

「ああ、奴のことか……。土産を持たせて見送ってやった。」

そう言いながらビャクは首を数回、ゆっくりと振った。何だか寝不足か肩こりの人みたいに見える。尖った耳の先で金銀の風がほのかに揺れて、幾つかの小さな渦となって首筋から背中を滑らかに転がりながら溶けていく。

「お土産？」

「そうだ。奴は進化の種を欲しがっていたからな。手ぶらで帰すのも気の毒だから、奴の罠に引っかかっていたレプタリアンを引き取らせた。いい具合に詰め込めたから。それに、ここの金のリンゴを付けてやった。」

金のリンゴとはまた魅力的な響きだ。

(でも、お土産にレプタリアンってどうなのそれ。)

と彩はちょっと顔をしかめる。ただ、彼が地球の木の実を欲しがっていたことを思い出し、良かったなとも思った。自分を球根にしようとした相手にそんなことを思うなんて変な感じもしたのだが。

ふと感じる甘い香り……。

「ルール違反同士だ。丁度いい。金のリンゴとトカゲの混合は、どんな球根になるかな。」

少し楽しんでいるふうにも聞こえるビャクの言葉に、彩は球根装置の内部を思い出し、ブルッと身震いする。でも、レプタリアンは爬虫類的な肉食の宇宙人と聞いた。そんなもののDNAを取り入れたら、みんな食虫植物になってしまわないだろうか。

「大丈夫なの、それ。」

「それも多様な進化の過程だろう。地球人類が進歩や繁栄を願うように、彼等にも意外に繁茂欲はあるのだよ。もしその繁栄が宇宙の調和を著しく乱すことになるのなら、因果の理法に従い宇宙神は調整力を働かせるだろう。」

　ヘリオーソルは自分の地球を女神のように言っていたけれど、ビャクは宇宙そのものが神だと言う。それはどういう感覚なのだろう。

「でも、レプタリアンて、そんなに普通にいるの？」

「自由で活発な者達だからな。まあ、自由の代償も大きかったな。」

　ヘリオーソルはレプタリアンをよく思っていないようだったけれど、ビャクはそうでもないのか、その口調からは、むしろ幾らかの好意さえ感じられた。

「トカゲでは不本意だったかもしれないが、レプタリアン系は数億年前から地球に入植しており力強い進化という意味に於《お》いては目的に適っている。」

　フサッと地面を尾で打ってビャクが言う。やわらかな草地に細かな氷の華が舞い上がった。いつもの調子になってきた。

「それに今回のことは奴の個人行動らしいから、勇み足で終わるかもしれないな。仮にその球根がうまく機能するならば、地球神のエッセンス入りの金のリンゴは心を導いてくれることだろう。」

こうして話を聞いていると、金のリンゴというアイテムは、ビャクなりの彼に対する愛なのかもしれないと思えてくる。

（そうか。）

彩は気付いた。ビャクと自分とは、見えている世界が違う、自分には見えていない世界の広がりをビャクは見ている、ということを。こうして普通に会話しているとつい忘れがちになるけれど、これはビャクが合わせてくれているに過ぎない。時に感じるビャクへの違和感は、自分の認識力の限界を教えているのかもしれない。

（認識力の差。ビャクのこの姿だって、どれくらい「本当」なのかアタシには分かっていない……。）

あれこれと物思いに沈んでいた彩がふと見ると、ビャクがこちらを見つめていた。その美しいエメラルドグリーンは小さな宇宙だ。悠久の時の流れを宿している。どうしてそんなふうに思ったのか……分からない。

「何よ、まだ他にも問題が？」

「悪かったたな。」

「えっ？　な、なにそれ。」

自分がビャクに対して「助けが遅い」とか、「危険を予測できなかった」とか怒っているように見えたのだろうか、と彩はうろたえた。そもそも川を渡ってしまったのは自分だ。

「お前が精神的優位に立てるようにと『彩り美しい天空の星の野原』というような強力なイメージで奴の心に念縛りをかけた。それは成功したが、その為にお前が殊の外美しい地球人だと、奴に執着心を持たせてしまったようだ。諸刃の剣だったな。」

そう言ってビャクは眼を閉じる。彩は「星野だ。宇宙人」の後のヘリオーソルの変化を思い出す。つまり、その「念縛り」によって彩の精神は宇宙人からガードされていた、そうでなければ、もっと早くに連れ去られていたのかもしれない。

「そ、そうなんだ。」

そんな精神世界でのせめぎ合いにも気付かず、自分一人でヘリオーソルと対等に会話している気になっていた浅はかさに気付き、彩は（ふうっ）と肩を落とす。ビャクが思いを残していくことで守ってくれていたというのが真実。だから謝られても困る……心の世界のことを知らない自分を痛感するばかりだ。

「正しい心の使い方って難しいものね。」

「永遠の課題だな。」

ビャクが答えた。

早朝の空気のようなつややかな風が頬をなでていく。

これはグリーンヘヴンの空からうらうらと湧き起こる優しさなのかなあ、と静かな心持ちで空を仰ぐと、彩雲が揺らめいていた。流れながらそこに光り続ける虹色を見ているうちに、何だか名前を呼ばれているような気持ちになってきた。

「思い出したんだけど、アタシは意識不明で入院中ってこと。」

彩雲を見つめたまま言う。何だか遠い昔のことのよう。

「まだ痛みはあろうが、そろそろ目覚めてもいいのではないかな。痛みを感じずに生きることもできまい。」

「ホント？」

そう言ってビャクの方へ振り返ると、目の前に氷のように薄青く透明な鼻があり、

(なんで黒くないんだろう、あっそうか、犬じゃなかった。)

と思っているうちに、それがいきなり額をゴツンと押したものだから、大きくふらつきながら彩は叫んだ。

「うわ、バカ！　やめろ……。」

＊

「ばか……やろう？」

その聞き覚えのある声に、彩はうっすらと目を開けた。

「藍ママ……。」

弱くかすれた声……これは自分の口から出たものだ。ベッドに横たわっている体は重たくて、そこら中に痛みがあった。ここは何処なんだろう、どうして体が痛いのだろう、と彩はぼんやり考える。

「やっと目を覚ました途端に悪態つくわけ？　あなたね……。」

藍ママは責めるような口調で話し始めたものの、それ以上言葉を続けることができず、彩の顔をふいていた白いタオルで自分の顔を覆ってしまった。


夕方には夏葉と柊が病室にやって来た。藍ママが夏葉に連絡してくれて、二人は学校が終わってすぐに駆けつけてくれたのだった。

スライド式のドアが開くと同時に夏葉が走り寄る。

「彩ちゃん！　よかった……ホントに。」

枕を背中に当ててベッドの上に座っていた彩に、夏葉が抱き着く。

「イタタ……。な、夏葉ぁ……。」

嬉しいのと痛いのとで言葉が詰まる。でもホントに嬉しい。もう一度会えた。夏葉の鼻をすすり上げる音を聞きながら、彩の目からも涙がこぼれ落ちる。

（そうだ、アタシ、謝らなくちゃ……。）

痛くて力の入らない腕をやっと動かして、夏葉の背中に触れる。

「ごめんね、彩ちゃん。」

先に謝ったのは夏葉の方だった。

「もう、なんで謝るのさ、無神経なこと言ったのはアタシの方でしょ。ホントにごめん、今回だけじゃない、今までだってずいぶん無神経だった。ごめん。」

「違うの、私が素直に昇降口で待っていたら、彩ちゃんが事故に遭わないで済んだのにって、ずっと思ってたの。ごめんね。」

あの時、夏葉を追って慌てて校舎を飛び出した彩だったが、実は夏葉はまだ校舎内にいて、彩と仲直りするタイミングについて、二階の保健室で南先生に相談していたのだという。彩は彼女を追い越していたのだ。

「あー、ごめん、アタシが夏葉の靴に気が付いていれば。」

大事な時に何てそそっかしいことをしてしまったんだろう、と彩は天井を仰ぎ、ついでに鼻もすする。思い切り空気を吸うと首やら腰やらに響いた。そうやって抱き合って謝り合う二人を、いやに眠たげな顔で見ていた柊が遠慮がちに口を開いた。

「えーと、丹羽。帰りのバス、分かるよな？」

呼びかけられて夏葉が振り返る。

「え、さっき一緒に時刻表見たから分かるけど。」

彼女の返事を聞いた柊は軽くうなずき、藍ママの方へ向き直る。

「どうもお邪魔しました。私はこれで失礼します。お大事になさってください。」

そう言って頭を下げた。

「氷河君、先に帰っちゃうの。」

夏葉が心細そうな声で言う。

「来るなり帰るんだ。何でよ。」

言いながら彩は、何か思い出しかけた気がした。そういえば、ずいぶん長い夢を見ていた気がしたが、銀色や黄緑色の印象があるばかり。

「涙の女子会には加われませんので。どうぞごゆっくり。」

柊が質問に答えた。

「なにそれ。」

あきれたように彩が言うと、

「男子なので。」

と柊が返す。彩の後ろで藍ママが（フッ）と笑った。

彼は口をキュッと閉じてちょっと笑顔を作り、もう一度頭を下げて病室を出ていった。

スライドドアがゆっくり動いてパタリと閉じる。一瞬の間があってから、夏葉が思い付いたように言った。

「彩ちゃん、おなかすいてない？　購買で何か買ってこようか。」

そう言われると何となく食べたい気がしてきて、購買にありそうなものを考える。

「メロンパンかな。」

「メロンパンかな。」

彩が言うのと同時に夏葉もそう言ったので、二人は顔を見合わせて吹き出した。


夏葉も病室を出ていくと、藍ママが優しい声で言った。

「良い子ねえ。」

「あ、うん。夏葉ってホントに良い人。アタシにはもったいないくらい。」

彩が答えると、藍ママが軽くうなずきながら彩の背中をゆっくりとさする。

「そうね。真夜中でも授業中でも、彩が目を覚ましたらすぐに連絡くださいって、夏葉さん、私に言ったの。」

「へぇ。」

あの夏葉が授業中でも連絡してだなんて、革命的！　と彩は驚き、それが自分を思ってのことだったと気が付いて胸が熱くなる。藍ママの手も温かくて癒される感じ。

「それと氷河君もね。」

思いがけず柊の名前が出て、彩はつい言い返す。

「えー、なんで。眠そうな顔して来て、変なこと言っていきなり帰ったじゃない。」

「フフッ……だって、泣きそうだったもの。よっぽど彩のこと心配していたのねえ。」

それで慌てて帰った訳か、と思ったら顔が熱くなってきて、彩は下を向いて目を閉じる。

するとさっき病室を出ていった時の柊の顔が心に浮かんだ。

「あっ。」

「どうしたの、どこか痛いの。」

突然叫んだ彩に、心配そうに藍ママが聞く。

「いや、あの、変な夢を見ていたなあって、思い出して。」

思わず窓の方を見る。

大丈夫そうな彩の様子を見て、ほっとしたように藍ママが話し始めた。

「よかった。だいたい十メートル近く跳ばされて、骨折しなかったのは運が良いって、お医者様がおっしゃってたわ。落ちた時、頭の近くに大きな縁石もあったのに無事だったし、まるで大きな透明クッションでもあったみたいだって。顔もかすり傷だけで、ホントに奇跡的。」

そう言いながらまた涙ぐむ。彩は心の中で（あっ）と叫んでいた。

（大きなクッションって、あの、白くて極上の……？）

ビャクの言っていた通り、彩が目を覚ましたのは事故から四日目で、あちこちアザと痛みはあったものの脳波の検査でも異常はなく、すぐに退院することができた。帰宅してからは入院中に見ていた「夢」を繰り返し丁寧に思い出していった。

球根装置に閉じ込められていた間のことは、ビャクから教えてもらった。クワック師匠の活躍も。そうしてみると、けっこうな冒険だったと思えた。すべては心の世界で起こったことで、証拠は何もなかったけれど。それで、無事に帰って来られたことだし、記憶が鮮明なうちに物語として書いておこうか、と考えた。実は前回のビャクの活躍も拙いながら書き留めてあった。

　そして登校初日。

　昇降口で待っていた夏葉と一緒に職員室へ立ち寄ってから三階に上がり、まずは一組へ行って黒田に会った。そして事故に遭ったことを気遣ってもらった勢いも借りて、謝った。柊にはお見舞いのお礼を言い、「夢」のことをそれとなく聞いたけれど、はっきりした返事は得られず、その場ではそれ以上の話もできず、それでおしまいになった。それから三組へ戻ると三崎と丸尾が話しかけてきた。

「クラス代表としてね、これはお見舞い。」

　そう言って、駅ビル内の雑貨店で買ったというハーブティーをくれた。ラヴェンダーとカモミールのブレンド。クラス代表として、と三崎は言ったけれど、話してみると個人的に買ってきてくれたものらしい。

「ありがとう、嬉しいな。」

　彩はそう言いながら、ちょっと涙ぐむ。

「へぇ。星野、頭打ってちょっと優しくなった？」

　丸尾がニヤニヤしながら言うと、三崎が返す。

「いや、星野は優しいよね。言動が乱暴なだけで。」

「何だとぉー。」

三人で笑い合った。


次の業間には辻が三組の教室に駆け込んできて、

「星野ぉぉっ！」

と叫んで半泣きで抱き着いてきた。まだ少し体に痛みが残っていた彩が思わず（うっ）と息を詰まらせたのを見て、夏葉がちょっと心配そうな顔をする。

「もう大丈夫だから。」

と彩がなだめると、辻も、夏葉と同じように事故に責任を感じていたと鼻をすりながら話してくれた。ここにも泣かせてしまった人がいた。

「それは関係ないって。「そそそ……く、黒田……クンに？」

辻の顔が真っ赤になる。

黒田はあっさりしたもので、辻の告白に、

「いいヨ。それじゃあ辻サンもレトロ組に仲間入りだネ！」

と明るく言った。

「えっ、ヤダ。」

思わず言ってしまってから、慌てて首を縦に振る辻。彩は、黒田が「レトロ組」という呼び方を知っていたことにちょっとショックを受けた。しかも柊も夏葉も知っていたという。辻の言っていた「みんな」は、本当に「みんな」だったのかもしれない。

＊

「紙本屋」店長の百井は、カフェ「並木道」にいた。向かいの席には一人の女性……上庭蘇依子……が座っている。

「貴方の店には辿り着けなかったの。近くまでは分かったのに。どうしてかしら。」

やや不満をにじませて蘇依子が百井を見つめる。

「済みません。でも……店の前を通り過ぎたのでしょう。」

少しうつむいて首の後ろに左手を当てながら、言いにくそうに百井が答える。

「ああ、そういうことね。ここの駅に降りるのだって少し苦労したもの。」

ため息混じりにコーヒーカップに手を伸ばす。二口、三口と味わってカップを置いた蘇依子が言った。

「ネ、昔みたいに私のこと名前で呼んで下さらない？」

その真っ直ぐな彼女の視線から逃げるように、百井は窓の方へ顔を向ける。行き交う人々は褐色のガラスの向こうに、遠い時間の出来事のように流れてゆく。

視線を彷徨わせる彼の顔に、淋しく優しい微笑みが浮かぶ。

「済みませんが上庭さん。私はね、いつまでも妻のことが忘れられず引き籠もっているダメな男なんです。速瀬から聞いているでしょう。」

「速瀬さんは……ああいう方だから。」

今度は蘇依子が目を伏せる。百井はごく微かな笑みを浮かべたまま、膝の上で組んだ自分の両手を見つめながら言った。

「私達は一緒にいたら傷付け合ってしまいます。」

「お互いに、なのね。ああ、もう行かないと。」

シルバーのオーバルフェイス腕時計にチラッと視線を落として彼女が言う。

「今度はどちらへ？」

「そうね、北欧に。ファブリックや明かりを買う予定。夜の旅ね。」

そう答えた彼女の瞳が煌めいて、百井はちょっと目を閉じる。

「夜の旅……貴女らしい、と言ったら失礼でしょうか。風のように世界を飛び回っている貴女は素敵です。良い出会いがありますように。」

抑えた口調で言った百井に、蘇依子が口元だけで笑う。

「留まっていてはダメと？　ご教示ありがとう……薄情な人。」

そう言って立ち上がりながらサッと手を伸ばし、彼女が百井のコーヒーカップの横にあった紙片を取り上げた。風がサラッと百井の頬を打つ。

「あっ、それは……。」

言いかける百井に微笑んで、

「私の勝ち。思いは残さないで行くわ。貴方を傷付けたくないもの。」

と会計へ歩き去っていった。

そして店を出ていく彼女の足音……。

少し経ってから、銀色のトレイを持ったマスターが席まで来た。背もたれに体を預けて前を向いたまま百井が言う。

「時夫。取り次いでくれて感謝する。」

百井の前にある、すっかり冷めてしまったコーヒーを見てマスターが言った。

「淹れ直しますよ、兄さん。」

ふっと顔を上げた百井に、マスターが微笑む。

「今月のスペシャルブレンドはBrand-new Dayです。会計は済んでいますから。」

そうして二つのカップを引き上げて戻っていくマスターを背中に感じつつ、百井は弱々しく呟いた。

「済んだのかな。」


やがて届けられるコーヒーの馥郁《ふくいく》とした香り。

それは遠くから差し伸べられた微笑みのように、心を包んでいった。

*

彩は、いつもの夢の中にいた。

(アタシは夢の中で目覚めているの。)

背中に感じるのはグリーンヘヴンの透明な眼差し。

(光はそっと心に触れてくるの。)

ずっと前から知っていたその感覚。ふわりと振り返ると、ビャクは日向で寝たふりをしている。彩はちょっと首をかしげる。

（太陽もないのに日向？　ああ、空に光が溶けているって……そう……誰か言っていた。寝たふり？　そうね、だって夢の中だもの。）

月の上でも歩くように、ふわりふわりと野原をゆく。前に誰かこうして歩いていた、と思い出そうとすると心が温かくなって、顔を上げると、なだらかな起伏の向こうにラヴェンダーウォーターの一条の光が見えてきた。

（ラヴェンダーは洗い清めるって意味。ああ心を浸したい。）

ふいに湧き起こる切ない思いと、涙。真珠色のハミングは何を歌い、その川の……光の……源は何処に生まれて、そして何処へと流れてゆくのか。永遠……悠久……そんな言葉が浮かんだけれど、きっとそんな言葉では行き着くことのできない……時の地平線。

巡る……巡る……時の天の川……

涙もいつか……光に変えて……

誰かが歌っている。空と流れと心の境界が曖昧になる中を、彩がふわりと戻っていくと、ビャクは眼を閉じたまま白い尾をゆらりとさせて、金銀の小さな風の渦を幾つも作り出す。その渦が解《ほど》けながら昇っていくのはグリーンヘヴン。微かな甘い香りを感じて、もしかしてこれは単なるキレイな夢で、寝る前に飲んだラヴェンダーティーが作り出したイメージに過ぎないのではないかと彩は考えてみる。するとビャクがうっすらと眼を開けて（フッ）と笑った。けれども腹は立たない。これが単なる夢だという自分の考えの方が間違っていると分かっていたから。

「いつもこの光の中で、言ったことの反省ができるといいんだけど。大事なことなのに、すぐに忘れそうなんだもん。もう大事な人を傷付けたくないな。」

自分の口から反省なんて言葉がサラッと出て、少し途惑った彩が空を見上げると、風が頬に……というか心に触れていった。そうやって内面の弦が弾かれて、心の風向きも少し変わったよう。

「良き思いより言の葉を紡ぎ出し、織りなして、人に贈るために我々は生きている。」

「え？」

「世界を美しくするために。」

フサッとビャクの尾が揺れて氷の華が散ると、彩はカーンと額を打たれたような軽い衝撃を感じた。

（ジブンガセカイヲウツクシクスル……。）

その思考が風のようにグリーンヘヴンの空に散っていく。すると、そのささやかな思いの欠片が空の光に一つ一つ抱きとめられていくのも感じられた。

（空に溶けている光って、神様なの？）

（フフッ、ソウネ……。）

何か懐かしい「声」が返事をする。

（あなたは私の心なの？）

（ウフフッ……。）

ラヴェンダーウォーターに心を揺らして洗ったら、もっと本当のことが分かるのかもしれない。ビャクが首を上げて淡い虹色の風に頬を寄せる。

「反省はその都度やればよい。光という実在、心という実在に気が付くことだ。」

銀色の尾がパタッとやわらかに草地を叩くと、また氷の華が舞い上がる。これはビャクの心の光……もちろんそう見せているだけ……そして浄化するもの。

「お前には自らの心を浄化する力がある。心とは本来光なのだから。」

まるで「夢」みたいな話、と彩は氷の華の一つに手を伸ばす。

「世界を美しくする心の光、見つけてみるね。」

それはビャクに言ったのか、自分に言い聞かせたのか。そして、自分が知ったこの世界のことを、心の光のことを、夏葉に伝えたいと思った。彼女だけでなく、もっとたくさん

の人達にも。少し眠気を感じ始めた彩は、

（あ、この夢から覚めるんだ、アタシ。）

と思った。この「本当」にある夢世界から地上世界へと、夢のように目覚めて生きてゆくのだ、と思った。

あとがき

小さな祠の前にいたのは白い犬と青い犬。

「あなた、犬ではないですよね？」

その夢の中で尋ねた私に、彼は白い毛並みをザラッと波立たせて見せた。

銀の鱗のように。

「我が名はビャク。」

それから私達は瞑想の中で対話を重ね、二つの物語は作られていった。

私はここから何を学べばいいのだろう。

酒井　早苗（さかい　さなえ）

著書『グリーンヘヴン』（東京図書出版）
趣味はハーブ茶を愉しむこと。
そして心の世界の探究。

ラヴェンダーウォーター

2023年5月21日　初版第1刷発行

著　　者　酒井早苗
発 行 者　中田典昭
発 行 所　東京図書出版
発行発売　株式会社 リフレ出版
〒112-0001　東京都文京区白山 5-4-1-2F
電話（03）6772-7906　FAX 0120-41-8080
印　　刷　株式会社 ブレイン

ISBN978-4-86641-632-8 C0093
Printed in Japan 2023